Film Pathé.

L'Aviateur Masqué tenait par-dessus tout à garder l'incognito.

L'AVIATEUR MASQUÉ

★

L'ENJEU

CH. VAYRE ET R. FLORIGNI

L'AVIATEUR MASQUÉ

Grand Roman Dramatique
Illustré par les photographies du film PATHÉ

☆

L'ENJEU

CINÉMA-BIBLIOTHÈQUE
Éditions JULES TALLANDIER
75, Rue Dareau, PARIS (XIVe)

L'AVIATEUR MASQUÉ

PREMIÈRE PARTIE

L'ENJEU

CHAPITRE PREMIER

GARDEN-PARTY

M. Paul Dupon-Martin, le célèbre constructeur d'aéroplanes, avait réuni ce jour-là une société nombreuse dans son château de la Roseraie.

Sur la terrasse, ombragée de hêtres séculaires, dans les allées du parc, on voyait des groupes animés jouant, riant, causant.

Les amateurs de tennis s'en donnaient à cœur joie, tandis que des sportsmen et des jeunes femmes combattaient la chaleur en absorbant des gins, des whiskys et autres boissons plus ou moins alcoolisées, rafraîchies par de la glace pilée.

A une de ces tables, le verbe haut, Dupon-Martin pérorait devant son rival Génévrier, qui l'écoutait le sourire aux lèvres en hochant la tête d'un air sceptique et railleur.

Dupon-Martin et Génévrier se détestaient cordialement, mais ils étaient, en apparence, les meilleurs amis du monde.

Ils formaient du reste un vivant contraste.

Dupon-Martin, coloré, large, expansif, toujours en mouvement, déployait une exubérance méridionale qui aurait pu laisser supposer qu'il faisait plus de bruit que de travail.

Il n'en était rien. S'il parlait beaucoup, le fameux constructeur travaillait davantage et avait l'œil à tout. Il connaissait à fond son personnel qu'il surveillait de très près, et il était parfaitement au courant de tout ce qui se faisait dans son usine.

Génévrier, maigre, bilieux, était sec et froid.

Il ne livrait jamais le fond de sa pensée ; parlait peu, écoutait beaucoup et faisait son profit de ce qu'il entendait.

— Oui, mon cher Génévrier, disait Dupon-Martin, mon nouveau type *B-VII* battra vos récents modèles, je l'affirme. Mon appareil fera trois cent cinquante kilomètres à l'heure et même davantage.

— Alors, dit Génévrier sceptique, Sadi-Lecointe et les autres as, enfoncés !...

— Qu'en pensez-vous, Hoffer ? questionna Dupon-Martin.

Celui que Dupon-Martin prenait à témoin était un homme de trente à trente-cinq ans environ, vêtu avec une recherche de mauvais goût. Assez grand, mince, rasé, il avait un regard fuyant qui indiquait une nature soumise, un esprit enclin à la fourberie.

Hoffer était le pilote favori de la maison Dupon-Martin et avait à son actif un grand nombre de succès remportés dans les récents meetings d'aviation.

Il était audacieux, très habile, et s'il était peu estimé et aimé en tant qu'homme, on faisait grand cas de lui comme aviateur.

Interrogé par son patron, Hoffer retira de ses lèvres sa courte pipe de bruyère, et déclara :

— C'est couru ! Cen[illegible] un que le *B-VII* dépasse les trois cent cinquante...

Génévrier haussa les épaules.

— Une pareille vitesse avec les appareils actuels est tout ce qu'il y a de dangereux. J'admets que votre avion tienne le coup pendant une heure, mais je le défie de se maintenir plusieurs heures de suite à cette allure.

— Vous me défiez ! s'écria Dupon-Martin, rouge de colère. Vous doutez de ma parole. Eh bien, je vous propose un match entre mon *B-VII* et celui de vos nouveaux appareils que vous choisirez. Trois heures de vol.

Il y eut un grand émoi à la table des Dupon-Martin et la curiosité gagna les sportsmen qui, des tables voisines, avaient entendu les paroles du grand constructeur.

On se leva précipitamment, on s'approcha et tous les regards se fixèrent sur Génévrier qui, les sourcils froncés, silencieux, semblait réfléchir.

Allait-il accepter la proposition de son rival ?

Génévrier, soudain, releva la tête et, d'une voix tranchante, laissa tomber ces mots :

— Moi aussi, j'ai un appareil qui peut faire plus de trois cents et si je n'ai pas tenté jusqu'ici de battre tous les records de vitesse, c'est par égard pour mes pilotes dont je ne veux pas risquer la vie. Mais je connais ces braves gens. Ils m'en voudraient d'hésiter encore et de ne pas relever votre défi, car ils ont tous confiance en mon appareil et sont certains de la victoire.

« J'accepte le combat et je l'appuie de vingt mille francs que le pilote vainqueur empochera.

— Moi aussi, dit Dupon-Martin, je donne vingt mille francs.

— Chouette ! ricana Hoffer, c'est quarante mille balles que je suis sûr de toucher.

Il y eut quelques protestations, vite étouffées sous les applaudissements des assistants.

Toutefois, malgré le peu de sympathie dont jouissait Hoffer, comme on s'accordait à reconnaître son mérite, il y eut unanimité pour le féliciter de sa chance.

Génévrier haussa les épaules.

— Mon petit ! dit-il à Hoffer, ne vendez pas la peau de l'ours avant de l'avoir tué. Si vous êtes malin, Sertil l'est autant que vous et mon appareil vaut votre *B-VII*.

— C'est ce que nous verrons, ajouta Dupon-Martin.

— Je sais, dit Hoffer, que Sertil est un concurrent redoutable. Il m'a battu une fois, mais je sais aussi ce que vaut le *B-VII*. Un néophyte gagnerait avec cet appareil-là, croyez-moi, monsieur Génévrier.

Génévrier n'était pas convaincu.

Une discussion s'engagea entre lui, Hoffer, Dupon-Martin et quelques auditeurs sur les nouveaux avions et les perfectionnements qui y étaient apportés.

Comme la conversation s'égarait en détails intéressants seulement pour les initiés et qu'on n'employait que des termes techniques, quelques dames accompagnées de leurs cavaliers s'éloignèrent des causeurs et allèrent annoncer à ceux qui n'étaient pas au courant le match sensationnel en perspective.

Le bruit de ce pari arriva par l'entremise d'un élégant jeune homme jusqu'à une jeune fille blonde qui, rêveuse, regardait souvent vers l'allée conduisant à la grille d'entrée, comme si elle attendait quelqu'un.

— Mademoiselle Simone, votre père vient de faire un pari avec M. Génévrier, à qui battra l'autre en vitesse. Le *B-VII* va faire parler de lui. C'est Hoffer qui le conduira à la victoire.

— Vraiment ? dit Simone distraite.

— Cela n'a pas l'air de vous intéresser.

— Mais si, mais si, je vous remercie.

Plantant là le jeune homme, Simone fit quelques pas vers l'allée et s'éloigna des invités, qui abandonnaient leurs jeux et commentaient avec animation les chances des concurrents.

Simone Dupon-Martin était une charmante jeune fille de dix-neuf ans, blonde, et d'une éclatante beauté.

Ayant perdu sa mère toute jeune, elle avait été choyée par son père qui ne savait rien lui refuser.

Elevée très librement, bien que sous la surveillance d'une vieille gouvernante, qui ne l'avait quittée que depuis deux ans, Simone n'avait pas usé de sa liberté pour se conduire avec légèreté.

Cela ne l'avait pas empêchée d'aimer profondément, gardant pour elle le secret de cet amour, ne voulant le révéler à son père que le jour où celui qu'elle avait choisi la demanderait en mariage.

Certes, on l'avait beaucoup courtisée.

Sa beauté et sa fortune étaient des attraits qui ne pouvaient pas la laisser passer inaperçue.

Mais Simone, un peu coquette, s'était amusée de l'ardeur de ses soupirants, et sans les décourager tout à fait ne leur avait jamais laissé grand espoir. C'est que son cœur était pris et qu'elle s'était juré de n'épouser que celui qu'elle aimait.

C'est à lui qu'en cet instant elle pensait, un peu triste de ne pas le voir encore là.

Soudain une trompe d'auto déchira l'air de ses appels stridents, interrompant toutes les conversations.

Par la grille grande ouverte, une voiture arrivait comme un bolide, effrayant les invités qui se rangeaient précipitamment.

Après un virage savant, l'auto s'arrêta.

Le visage de Simone s'éclaira d'un sourire.

Elle se dirigea vivement vers celui qui descendait de voiture et faisait d'amicales remontrances à son chauffeur, lequel, peu impressionné, répondait en riant à son patron :

— Du cent dix à l'heure. Ça a gazé, hein, patron ! Mais v'là mam'zelle Simone qui s'amène.

— Monsieur Prosper Mézan, dit gaiement le maître, tâchez d'avoir un langage plus correct quand vous allez dans le monde.

Déjà Simone était près de lui et lui tendait la main.

— Eh bien ! Jean, pourquoi ce retard ? J'ai cru que vous alliez ne pas venir ?

— Oh ! Simone, une pareille pensée ! Il aurait fallu que je fusse mort... au moins !...

Et souriant à la jeune fille, il baisa galamment le bout de ses doigts roses.

Tandis que les deux jeunes gens engageaient ainsi la conversation, des invités ayant reconnu le jeune homme chuchotaient son nom à ceux qui ne le connaissaient pas et s'étonnaient de sa familiarité avec la fille du maître du château.

— C'est Jean Dubreuil, le flirt de Mlle Simone.

— Jean Dubreuil ? L'as des aviateurs de l'escadrille du *Pélican* qui a accompli tant d'exploits pendant la guerre ?

— Lui-même...

— C'est à lui, cette superbe voiture ?

— Mais oui... Oh ! Jean Dubreuil est riche. Son père était le président de l'Aviatic-Club. Il est mort il y a un an et demi... Vous savez, dans ce terrible accident. Cette collision d'avions à deux mille mètres.

Jean, accompagnant Simone, saluant les visages amis, s'avançait pour aller présenter ses compliments à Dupon-Martin.

Le constructeur l'accueillit par ces mots :

— Mon cher Dubreuil, je viens de faire un pari avec Genévrier. Une course de vitesse. Vous devriez bien lui rendre le service de piloter un de ses appareils, parce que Sertil n'est pas de force à lutter contre Hoffer...

— Sertil, dit Jean Dubreuil, est un pilote remarquable et je ne sais trop, si j'avais à parier, si je ne parierais pas pour lui.

Genévrier remercia en souriant.

— C'est gentil à vous de parler ain-

Film Pathé.

Dès son arrivée au château, Jean engagea une conversation animée avec la charmante Simone Dupon-Martin, la fille du célèbre constructeur d'avions.

si, mon cher, mais Dupon-Martin a beau me railler, je ne sais qui l'emportera. Ah ! si vous montiez un de mes appareils, je serais bien plus certain encore de la victoire. Est-ce que vous ne volerez plus ?

— Plus jamais, dit Jean gravement. Après la mort de mon père, j'ai promis à ma mère de ne plus m'adonner, au moins tant qu'elle vivrait, à ce sport qui me passionne.

Hoffer, qui n'avait pas vu sans dépit l'accueil empressé fait à Jean Dubreuil, ricana :

— De telles promesses sont agréables à tenir.

Jean Dubreuil se retourna, toisa d'abord Hoffer, puis, le regardant dans les yeux, ajouta très calme :

— Croyez-vous que ce soit la peur qui m'ait dicté cette promesse ?

Tout le monde protesta vivement.

Hoffer, confus, s'excusa, disant qu'il n'avait pas eu l'intention d'offenser M. Dubreuil, qui avait fait ses preuves.

Jean lui tourna le dos avant même qu'il ait pu finir son explication et se laissa entraîner par Simone, qui, redoutant une altercation, l'invitait à pénétrer dans le château.

Le froid jeté par les paroles maladroites d'Hoffer se dissipa aussitôt.

Dupon-Martin, mécontent, prit à part son pilote pour le réprimander, tandis que Génévrier, entouré de ses partisans, continuait à vanter l'excellence de ses appareils, l'ingéniosité des nouveaux perfectionnements.

Mais Hoffer n'écoutait que d'une oreille distraite les observations de son patron.

Son regard se portait vers le château, sur les fenêtres du grand salon, derrière le rideau duquel il venait de voir passer Simone et Jean Dubreuil.

Et dans les yeux du pilote favori de Dupon-Martin brillait une flamme sombre.

CHAPITRE II

PROPOS D'AMOUREUX

A peine arrivés dans le grand salon où Simone avait conduit Jean Dubreuil, le jeune homme s'assurant que personne ne pouvait les voir prit Simone par la taille et l'attirant à lui l'embrassa.

Simone se dégagea en riant.

— Jean, soyez sage. Je ne vous ai pas amené ici pour que vous m'embrassiez... Nous avons à causer sérieusement.

— Sérieusement ?

— Oui. Asseyez-vous et écoutez-moi. Mon père m'a parlé hier de mon avenir, de mon mariage...

— De votre mariage ? s'écria Jean.

— Dame, le mariage n'est-il pas le but de l'existence de toute jeune fille et le désir de tous les parents ?

— Et qu'avez-vous répondu ?

— Rien.

— Comment, rien ? Vous auriez pu dire...

— Que je vous aimais, n'est-ce pas ? Et alors mon père m'aurait répondu : « Comment se fait-il, puisque M. Dubreuil et toi vous vous aimez, qu'il n'ait pas encore demandé ta main ? »

— A quoi, Simone, il vous était facile de répondre que vous épouser était mon plus ardent désir et que, si ma mère n'avait pas été malade, la demande en mariage serait déjà faite... Et à présent que ma chère maman a terminé sa convalescence, qu'elle est guérie...

— N'importe, dit Simone faisant la moue, vous avez bien tardé !

— Oh ! Simone, protesta Jean, comment pouvez-vous dire cela ? Depuis combien de temps m'avez-vous fait ce doux aveu ?

— Et vous, Jean, depuis combien de temps m'avez-vous dit que vous m'aimiez ?...

— Il y a quelques semaines à peine... Mais je vous aime depuis longtemps... Vous le savez bien...

— Non, Jean... je ne savais rien... Je m'en doutais bien, mais comme vous ne me disiez rien...

— Comment aurais-je pu vous avouer mon amour ? J'ignorais si votre cœur avait deviné... en vous voyant aussi aimable avec tout le monde ! A tous ceux qui vous approchaient, vous prodiguiez vos sourires, et parfois je me suis demandé si, parmi tous ceux qui vous entouraient, il n'en était pas un qui fût déjà choisi par vous...

— Oh ! Jean... Jean, n'avez-vous donc pas compris que cette coquetterie était à votre intention, qu'elle ne tendait qu'à provoquer votre jalousie, que c'était pour vous obliger à sortir de votre réserve, à parler enfin ?

— Ma chère Simone...

— Vous m'aimiez depuis longtemps, dites-vous... Eh bien, et moi ?

« Rappelez-vous donc votre séjour ici lorsque ce château était transformé en hôpital. Quelle était l'attentionnée infirmière qui vous donnait des soins et qui, outrepassant ses devoirs, venait s'asseoir à votre chevet et vous faisait la lecture, en négligeant presque, l'égoïste, les autres blessés qui lui étaient confiés ?

— C'était ma jolie Simone.

— Et qui, lorsque l'officier aviateur Jean Dubreuil commença à marcher dans les allées du parc, soutint ses pas chancelants ?

— Une adorable infirmière qui vous ressemblait comme une sœur, Simone.

— Et qui, lorsque le bel officier fut guéri, l'accompagna jusqu'à la porte du château et lui donna en souvenir des jours passés une rose magnifique ?

— Elle est là, Simone, sur mon cœur... toujours... Elle est desséchée, mais précieusement serrée dans ce petit sachet de cuir. Voyez... Elle ne m'a jamais quitté... Que de fois j'ai couvert de baisers cette fleur qui me venait de vous !

— Mon cher Jean...

— Ma chère Simone...

Ils s'étaient rapprochés et, les mains dans les mains, se regardaient tendrement.

— Jean, dit Simone interrompant brusquement cette double contemplation, il faut que vous fassiez au plus tôt votre demande, car mon père a une idée que je crois deviner et que je redoute. Oui, je ne sais pourquoi, mais j'ai le pressentiment qu'il voudrait me voir épouser M. Hoffer.

— Oh ! ce pilote qui tout à l'heure... Mais cet homme est indigne de vous !...

— Mon père ne pense pas ainsi... Il estime beaucoup M. Hoffer qui lui a rendu de très grands services et a fait triompher sa marque dans tous les meetings. Il vient de l'associer pour une petite part dans ses affaires... Ce n'est pas le manque de fortune de M. Hoffer ni son instruction rudimentaire qui peuvent mettre obstacle aux projets de mon père, qui affiche, vous le savez, des idées plus que libérales...

— Il veut donc être député, lui aussi ?...

— Ne plaisantez pas. Il en est fort capable. Papa soigne sa popularité, joue au socialiste et va intéresser ses ouvriers aux bénéfices. Avec Hoffer, ils ont combiné je ne sais quel plan de participation. Bref, tous deux deviennent de plus en plus inséparables, plus intimes, et certains regards que m'a adressés M. Hoffer me font comprendre bien des choses. Jean, si vous tenez à épouser celle que vous aimez, croyez-moi, il est grand temps de déclarer votre amour.

— Je ne puis faire ma demande aujourd'hui à cause de cette affluence de monde, mais demain je verrai votre père et lui annoncerai pour le lendemain la visite officielle de ma mère ; et avant peu, ma chérie, nous serons mariés.

Simone sauta au cou de Jean Dubreuil.

— Quelle tête va faire M. Hoffer ! dit-elle en riant.

— Oh ! celui-là, dit Jean, je l'engage à ne pas se trouver sur ma route... Il a eu l'air tout à l'heure de me provoquer... Qu'il prenne garde !

— Jean...

— Simone...

Un baiser changea le cours de la conversation et Hoffer fut oublié.

CHAPITRE III

LE LENDEMAIN

Le lendemain matin, M. Dupon-Martin et son pilote favori se trouvaient dans le cabinet de travail que le constructeur avait fait luxueusement installer dans son château.

C'était une pièce de vastes dimensions, curieusement aménagée.

Autour du bureau, des tables en acajou supportaient des modèles très réduits des nouveaux appareils en construction ou à l'état de projet, et près de ces minuscules avions se trouvaient les plans, les devis que nul, sauf M. Dupon-Martin, n'avait le droit de toucher. Les deux hommes causaient amicalement.

Dupon-Martin, renversé dans son fauteuil, envoyait vers le plafond des spirales de fumée qu'il suivait d'un regard satisfait.

— Pour conclure, mon cher Hoffer, déclara-t-il, notre victoire est certaine. Génévrier est fichu. J'ai pu me procurer certains renseignements par un employé de son usine. Ah ! ça m'a coûté cher, mais je ne regrette pas mon argent. L'avion de Génévrier a un défaut capital...

Hoffer interrompit son patron :

— Tout ça n'a aucune importance. Son avion serait-il parfait qu'il lui manquerait encore Hoffer. Ce n'est certes pas pour me vanter, monsieur Dupon-Martin, mais j'estime que Sertil n'est pas un concurrent sérieux. On m'a dit de plus qu'il faisait la noce, et un pilote qui fait la noce, voyez-vous...

— Est fichu, approuva Dupon-Martin. Il est à la merci de ses nerfs, d'une faiblesse, d'un manque de sang-froid. Ce n'est pas comme vous qui êtes un garçon rangé, sobre. Oh ! j'ai toute confiance, mon cher. Nous aurons la victoire. Et après la victoire, mon ami, nous aurons les commandes en quantité. Je vais encore gagner la forte somme.

— Grâce à moi, insinua Hoffer.

— Certes ! je ne l'oublierai pas et ma reconnaissance, soyez-en certain, se traduira d'une façon effective.

« Vous pensez bien que je ne vais pas m'en tenir aux vingt mille francs promis qui, joints aux vingt mille francs de Génévrier, feront pourtant une jolie petite prime... Non, non, j'ai l'intention de vous donner...

— Ça m'est égal l'argent, coupa brutalement Hoffer. Vous savez bien que j'ambitionne une autre récompense.

— Oui, oui, dit Dupon-Martin, je sais... je sais...

— Vous avez bien voulu me laisser entendre que je pouvais aspirer à la main de Mlle Simone...

— Sans doute, sans doute, dit Dupon-Martin embarrassé, c'est-à-dire...

— Reviendriez-vous sur votre parole ?...

Dupon-Martin hésita avant de répondre.

Le ton de Hoffer était tranchant.

Le constructeur, inquiet, craignit qu'une réponse négative ne modifiât les bonnes dispositions de son pilote, ne lui fît par dépit renoncer à la victoire.

L'ambition, l'orgueil l'emportèrent dans l'esprit de Dupon-Martin sur son amour pour sa fille.

— Je n'ai qu'une parole, mon cher Hoffer... Faites triompher ma marque et ma fille est à vous.

Au moment où il prononçait cette phrase décisive, la porte s'entr'ouvrit doucement et la tenture se souleva.

Simone, que les deux hommes n'avaient pas vue, entendit la promesse de son père. Elle pâlit, laissa retomber la tenture et disparut.

Hoffer se réjouissait.

— Je vous remercie, monsieur, comptez sur moi, nous triompherons. C'est mon intérêt d'abord, et quand l'intérêt est en jeu, on réussit toujours.

— C'est Génévrier qui fera une tête !

— Il n'existe pas, Génévrier, je vous dis. J'ai fait causer des gens de chez lui. Ils n'ont pas confiance. Vous savez qu'on fait déjà des paris pour le match. Eh bien ! tout le monde chez Génévrier parie pour vous en cachette. C'est une preuve, ça, hein ?...

— Je crois bien.

Un domestique entra portant une carte de visite sur un plateau de vermeil.

Dupon-Martin prit la carte :

— Jean Dubreuil ! Tiens ! Qu'est-ce qu'il me veut ? Priez-le d'attendre un instant.

Hoffer, en entendant le nom de Dubreuil, avait froncé les sourcils.

Dès que le domestique fut sorti, le pilote dit :

— Vous devriez recevoir ce monsieur, vous débarrasser de lui ; nous avons encore à causer sérieusement.

— Vous avez raison, restez là, je reviens bientôt.

Dupon-Martin se dirigea vers le salon où Jean Dubreuil anxieux attendait.

Il venait d'arriver depuis quelques instants et avait été reçu par Simone en larmes qui lui avait dit :

— Ah ! Jean, ce que je craignais est arrivé. M. Hoffer vient de demander ma main et mon père la lui a accordée.

Jean avait bondi :

— Ce mariage ne se fera pas... Je veux voir votre père... Ayez confiance, Simone.

— Il est trop tard, dit la jeune fille désespérée, et qui s'enfuit, abandonnant Dubreuil stupéfait.

Un instant, il hésita, faillit courir après Simone, puis se ravisant il fit remettre sa carte à M. Dupon-Martin.

Lorsque le constructeur parut, Jean n'était pas encore revenu de son émotion.

Il serra machinalement la main que lui tendait Dupon-Martin et, incapable de se contenir plus longtemps, il déclara tout d'un trait :

— Monsieur, j'aime Mlle Simone ; elle m'aime et j'ai l'honneur de vous demander sa main.

Estomaqué, Dupon-Martin écarquilla les yeux, regarda Jean et ne sut trouver que ce mot :

— Ah ! sapristi !

— Je pense, continua Jean, que vous ne voyez aucun obstacle à cette union de deux êtres qui s'adorent. Vous êtes riche, moi aussi.

— Sapristi de sapristi ! s'écria Dupon-Martin, en voilà une histoire ! Vous ne pouviez pas me dire ça plus tôt ?

— Comment ?

— Eh oui ! A présent il est trop tard. C'est impossible.

— Que voulez-vous dire ?

— Je viens de donner ma parole à Hoffer qui aime aussi Simone. Je n'ai mis qu'une condition, qui n'en est pas une en somme : c'est qu'il fasse triompher ma marque. Or, comme la victoire est certaine, je crois, mon cher Dubreuil, que vous devez renoncer à vos projets. Je suis désolé, croyez-le, vraiment désolé. J'ai beaucoup d'estime pour vous, mais un galant homme n'a qu'une parole.

— Pardon, monsieur, dit vivement Jean, mais il me semble que Mlle Simone a le droit d'avoir une opinion. Vous me dites que M. Hoffer aime votre fille, mais vous avez oublié qu'elle ne l'aime pas.

— Parce qu'elle vous aime... Oui... Oui... elle a flirté avec vous. Elle vous a trouvé gentil... Vous lui plaisez... je comprends ça. Mais voyons, est-ce la première jeune fille qui ayant flirté avec Pierre épouse Paul ? Le flirt, c'est très gentil... Ça fait passer le temps en attendant le mariage, mais ça n'engage à rien. Le flirt est une chose, mon cher, et le mariage en est une autre.

— Monsieur, vous avez tort de croire qu'entre Mlle Simone et moi il n'y ait eu qu'un flirt sans conséquence. J'ai fait respectueusement la cour à votre fille que j'aimais, et ce n'est qu'après avoir acquis la certitude qu'elle m'aimait et en avoir reçu l'affirmation de ses lèvres que je me permets de vous demander sa main...

« Je ne suis pas de ces jeunes gens qui courtisent une jeune fille pour s'amuser, recherchent les occasions d'échanger de tendres propos et des baisers et vont ensuite adresser à d'autres les mêmes paroles d'amour ; j'aime sincèrement, ardemment Mlle Simone.

— Eh ! fit Dupon-Martin impatienté, qui vous dit le contraire ? Je n'ai pas la prétention de faire changer vos sentiments en un instant. Je conviens qu'il est désagréable pour vous de voir passer en d'autres mains celle que vous désirez pour femme. Mais que voulez-vous ? c'est la vie... J'ai donné ma parole à Hoffer et je la tiendrai. Simone l'épousera et vous oubliera, comme vous ne tarderez pas à l'oublier.

— Jamais, monsieur.

— Oui... on dit ça. Enfin, brisons là. Tout ce que vous direz est inutile.

— Ainsi, même si elle se refuse à épouser cet homme, vous contraindrez votre fille à ce mariage ?

— Oui.

— Bien.

Dupon-Martin regarda Jean Dubreuil qui s'était ressaisi et paraissait très calme.

— A la bonne heure, mon cher ami, je vois que vous entendez raison et...

— Pardon, je n'entends pas raison du tout et ne renonce nullement à l'espoir d'épouser Mlle Simone.

« Vous avez donné votre parole à M. Hoffer à condition qu'il soit le vainqueur de ce match ? Mais s'il n'était pas le vainqueur ?

Dupon-Martin, interdit, murmura :

— Alors, il est certain que... Mais non, mais non ; c'est impossible. Personne ne peut l'emporter sur Hoffer.

— Qui sait ?

Une idée traversa l'esprit du constructeur.

Il se mordit les lèvres, jeta un regard courroucé à Dubreuil...

— Ah çà ! est-que vous auriez la fantaisie, par hasard, de piloter l'avion de Génévrier, d'entrer en lutte contre Hoffer ?

Jean Dubreuil sourit.

— Mais non, continua Dupon-Martin se rassurant, vous ne ferez pas ça. Vous ne volez plus. Vous avez promis à Mme votre mère de ne plus monter en avion.

— Parfaitement. Aussi n'est-il pas question de moi. Je vous rappelle simplement votre parole, la condition du mariage d'Hoffer avec votre fille : il faut qu'il soit vainqueur.

— Eh bien ?

— Eh bien ! dit Jean Dubreuil en souriant, il n'a pas encore remporté la victoire. Au revoir, cher monsieur.

CHAPITRE IV

JUSTINE ET PROSPER

Prosper était un chauffeur d'auto exceptionnel. Vrai titi parisien, n'ayant jamais connu ses parents, recueilli par l'Assistance publique, il avait par contre connu les pires misères et fait tous les métiers : garçon de ferme, commissionnaire, ouvreur de portières, camelot, etc...

Un jour, mourant de faim, il avait vu passer devant lui un monsieur qui, dans sa hâte d'examiner des papiers qu'il avait à la main, avait laissé choir une enveloppe.

Cette enveloppe était pleine de billets de banque.

Elle tomba aux pieds de Prosper qui, l'ayant ramassée et ayant jeté un regard de convoitise sur cette fortune, avait néanmoins couru après son légitime propriétaire.

Le monsieur, surpris de se voir restituer cet argent par ce pauvre hère, l'interrogea. Prosper raconta naïvement sa vie et conclut :

— Ce qu'on pourrait s'offrir de beefsteaks avec ça ! Mais moi, pas mon genre. J'aime mieux la « crever » que garder ce qui n'est pas à moi. C'est « poire », je le sais, mais c'est mes idées.

Le monsieur se mit à rire.

Il détacha de la liasse un billet et le remit à Prosper.

— Mon ami, voici pour vous offrir un beefsteak, et demain, quand vous aurez digéré ce beefsteak, venez me voir. J'ai, je crois, une place pour vous. Voici mon adresse...

Le monsieur était un gros commerçant qui, le lendemain même, prit Prosper à son service et le confia à son chauffeur pour qu'il lui apprît à conduire.

Quelques mois plus tard, Prosper, qui avait ajouté à son prénom le nom de Mézan, succédait au chauffeur qui, ayant fait un petit héritage, se retirait à la campagne.

La vie s'annonçait belle désormais pour Prosper Mézan. Bien payé, bien nourri, il devenait gros et gras, « ne s'en faisait pas », était estimé de son patron. Il se considérait presque comme le plus heureux des hommes lorsque la guerre éclata.

Prosper Mézan partit, fit son devoir, récolta quelques blessures, que la croix de guerre récompensa, et une fois la paix signée il resta au service de son ancien chef Jean Dubreuil qui lui avait sauvé la vie à deux reprises.

C'est ce qu'il raconta à son ancien patron auprès de qui il alla s'excuser de ne pouvoir reprendre sa place :

— Voyez-vous, monsieur, c'est pas possible que je quitte à présent M. Jean, malgré les bontés que vous avez eues pour moi. Ma vie est à lui puisqu'il me l'a conservée... Alors je conduis son auto.

Et Prosper Mézan était sincère en affirmant que sa vie appartenait à Jean Dubreuil, car il se serait fait tuer pour son maître.

Mais Prosper, pétri de qualités, avait forcément quelques défauts. Parmi ceux-ci, il faut mentionner une familiarité excessive due à son éducation rudimentaire et une tendance à blaguer toutes choses et tout le monde.

Jean était fait aux manières de Prosper et lui pardonnait tout, car il connaissait le bon cœur et l'extraordinaire dévouement de ce brave garçon.

Ce jour-là Prosper, qui était au courant de la démarche qu'allait faire son maître auprès de Dupon-Martin, ne se sentait pas de joie.

D'abord il avait une grande admiration pour Simone et il était enchanté de ce mariage qui faisait le bonheur de Jean Dubreuil.

Ensuite, cette union devait, lui semblait-il, faciliter son mariage avec Justine, la jeune et jolie cuisinière de Dupon-Martin.

Justine était un beau brin de fille qui n'avait pas froid aux yeux et que la personne de Prosper ne laissait pas indifférente ; mais elle avait remis à plus tard son mariage, ne voulant de son côté se séparer à aucun prix de sa jeune maîtresse.

Or, si Jean épousait Simone, tout s'arrangeait et Justine n'avait plus qu'à prononcer le « oui » décisif qui ferait d'elle Mme Prosper Mézan.

Donc le chauffeur, ayant vu son maître pénétrer dans le château, abandonna son automobile et courut vers la cuisine annoncer la bonne nouvelle à Justine.

Mais Prosper était un garçon fantaisiste qui dédaignait les moyens conventionnels.

Au lieu d'aller rendre visite à sa bien-aimée en utilisant le chemin ordinaire qui conduisait à la cuisine, il se dirigea vers le soupirail qui donnait de l'air et du jour à cette pièce, située dans le sous-sol du château.

Justine était précisément devant la fenêtre en train de confectionner un superbe gâteau qui absorbait toute son attention.

Prosper eut un rire silencieux.

Il s'aplatit devant le soupirail et brusquement, d'un coup de jarret, il se précipita la tête en avant.

En entendant ces propos, Jean se retourna brusquement et toisa Hoffer.

Film Pathé.

Jean et Simone se regardaient tendrement, les mains dans les mains.

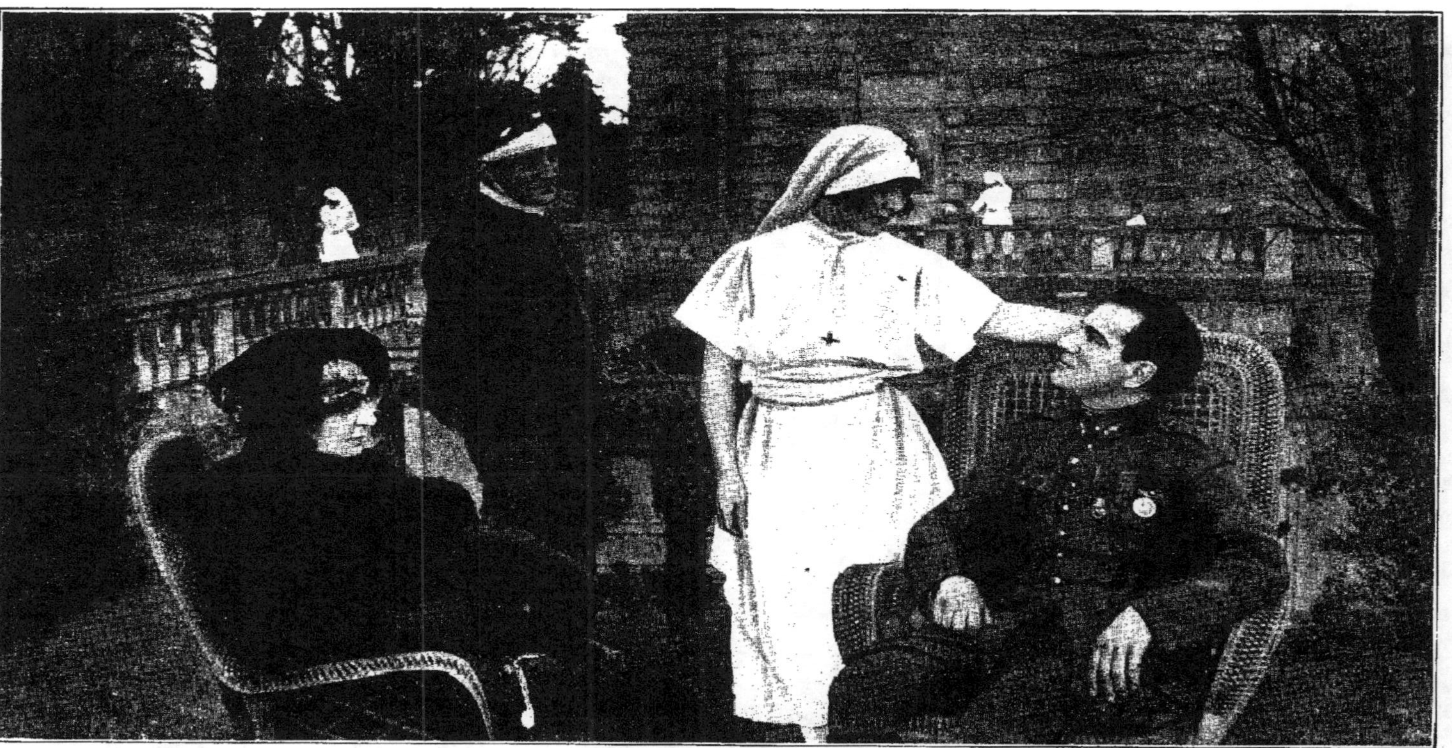

Film Pathé.

Jean. grièvement blessé, avait été soigné par Simone, c'est alors que l'amour était né entre l'infirmière et l'aviateur.

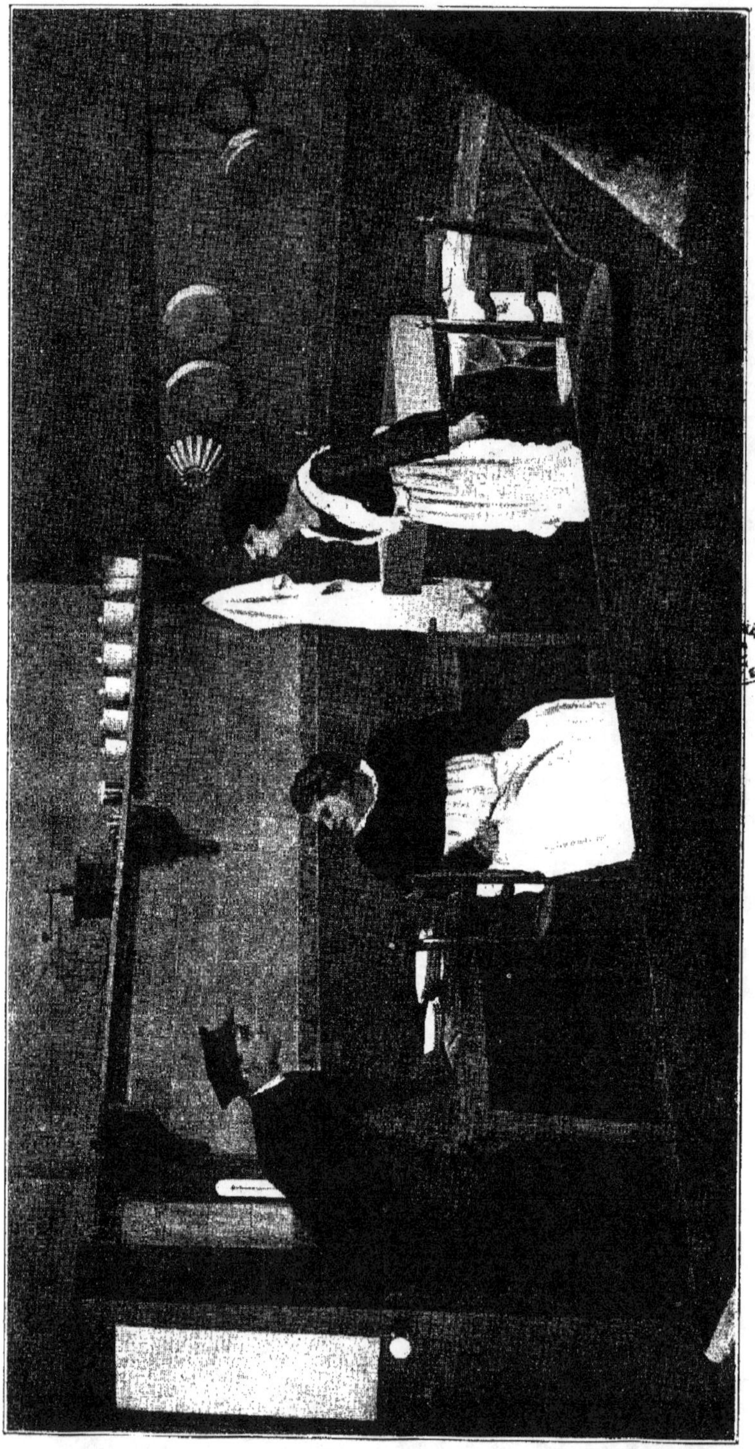

Film Pathé

Prosper fit une brusque apparition. Il venait annoncer à Justine les fiançailles de leurs patrons.

Jean donnait complaisamment des explications aux deux policiers.

Film Pathé

Prosper, bouleversé, regardait alternativement les deux hommes.

Il avait compté choir les mains en avant sur la table et retomber sur ses pieds devant Justine émerveillée.

Malheureusement, il avait mal calculé son élan.

Prosper vint choir la tête dans le gâteau, au milieu des cris d'effroi de la seconde cuisinière, d'un domestique et de Justine.

Par surcroît, aveuglé par la crème, il ne put placer ses mains sur la table, rencontra le vide et roula piteusement au milieu de la cuisine.

Il se releva très vexé, mais sa bonne humeur reprenant aussitôt le dessus, il s'écria :

— Quel malheur que je n'aie pas la langue assez longue pour me débarbouiller le visage avec !... Perdre une si bonne crème. Dites, Justine, vous ne voulez pas me débarbouiller, vous ?

Ce fut un fou rire.

Justine, d'abord furieuse, tendit en riant une serviette à Prosper, qui, tout en s'essuyant, déclarait :

— Ça gaze... ça gaze ! O ma Justine ! Les patrons se fiancent à cette heure... Fiançons-nous aussi.

— C'est-il Dieu possible ? s'écria Justine. Je croyais que M. Hoffer...

— Dans les choux ! Hoffer ! riposta Prosper. Est-ce que ça compte, ça, Hoffer ? Justine, ma bien-aimée, venez sur mon cœur.

Et attirant à lui Justine, Prosper l'embrassa bruyamment sur les deux joues :

— A votre tour, femme suave. Faut me rendre la monnaie de mes bécots.

Mais Justine n'eut pas le temps de s'acquitter de sa dette.

La voix de Jean Dubreuil venait de se faire entendre, appelant son chauffeur.

— Oh ! mince, déjà ! fit Prosper. Eh bien ! ça n'a pas été long !

« V'là, v'là, monsieur Jean, vous bilez pas, j'arrive par les voies les plus rapides.

Ce disant, Prosper avait sauté sur la table et, se hissant à la force des poignets, surgissait à travers le soupirail, à la grande surprise de Jean et de Simone, qui se tenaient près de l'auto.

Prosper se précipita la bouche en cœur, prêt à féliciter Simone et Jean.

Mais il resta ahuri en voyant l'air soucieux de Jean, le visage inondé de larmes de Simone.

— Quoi ? quoi ? bégaya-t-il. Ça n'a pas gazé ?

Jean murmura :

— Non. On rentre, et vivement.

— Faut que je prévienne Justine, moi qui justement...

— Tu la préviendras une autre fois, dit Jean, impatienté.

Et prenant par le bras le chauffeur stupéfait, il l'assit sur le siège.

— A bientôt, Simone, ma chérie... Ayez confiance en moi. Vous ne serez pas la femme d'Hoffer.

Un rapide baiser fut échangé. Jean monta dans la voiture. L'auto ronfla, se mit en marche.

Simone, souriante à travers ses larmes, fit un signe d'adieu à Jean qui lui envoyait un tendre baiser.

Prosper sur son siège ronchonnait :

— Ah ! mais, ah ! mais... Il commence à me courir, cet Hoffer... Faudra voir à voir ! Non, mais des fois !... Qu'est-ce qu'il se croit ? Minute... J'y ai pas encore causé, moi, à ce citoyen.

Et, furieux, Prosper accélérait la vitesse, roulait à une allure folle, tandis que Jean, les lèvres serrées, les sourcils froncés, songeait...

CHAPITRE V

A L'HOTEL DUBREUIL

Mme Dubreuil se montra très émue du refus de Dupon-Martin.

Elle avait pour Simone une réelle affection.

N'était-ce pas Simone qui avait soigné son fils blessé avec tant de dévouement ?

N'était-elle pas celle à qui son fils avait donné son cœur ?

Pourquoi ce père cruel s'opposait-il au bonheur de Simone et de Jean ? De quel droit ?

— En vérité, dit-elle, je crois que c'est l'ambition qui fait perdre la tête à M. Dupon-Martin ; car j'estime que pour agir ainsi il n'a plus sa raison. Donner Simone, cette enfant exquise, à cet homme vulgaire et brutal, à cet individu sans éducation... Il est fou, te dis-je ! J'espère bien que Simone...

— Hélas ! ma chère maman, Simone n'est pas majeure... Elle ne peut que protester par ses larmes et faire appel au bon cœur de son père.

— Un cœur ! En a-t-il un celui qui sacrifie ainsi son enfant ? Je commence à en douter.

— Simone fera tout ce qui est en son pouvoir pour que cette monstrueuse union n'ait pas lieu. Elle a déjà déclaré à son père qu'elle n'était pas un être dont on pût disposer ainsi pour le livrer au premier venu.

— Et son père ne l'a pas écoutée, naturellement.

— Pardon, M. Dupon-Martin a eu l'air très affecté. Il s'est retranché derrière la parole donnée et il a fini par dire à sa fille, pour la consoler, qu'elle n'épouserait Hoffer que s'il était vainqueur...

— Ne pourrait-on pas l'empêcher, dans ce cas, de prendre part au match ?

— C'est bien difficile à moins de le tuer.

— Ce serait évidemment un moyen, mais je ne te le conseille pas.

Jean Dubreuil sourit :

— Oui, c'est un peu radical. Et puis je pourrais avoir des ennuis. La justice de mon pays n'admettrait pas cette façon expéditive de se débarrasser d'un rival.

— Cet Hoffer, suggéra Mme Dubreuil, ne doit pas être riche. Si on lui offrait la forte somme ?

— Eh ! maman, il est certain de la toucher, la forte somme, puisqu'il doit épouser Simone. Pourquoi voulez-vous qu'il préfère recevoir une centaine de mille francs de nous, alors qu'il peut toucher plus tard les millions de M. Dupon-Martin ?

— C'est juste ! Oh ! comme je hais cet Hoffer !

— J'avoue qu'il me déplaît terriblement aussi. Je le crois sournois et méchant.

— Que vas-tu faire ?

— Ma foi, je n'en sais trop rien... j'ai besoin de réfléchir à tout cela. Je m'attendais si peu à ce refus catégorique... Ma pauvre Simone...

— Allons, allons, mon petit Jean, du courage, rien n'est perdu... Ce mariage n'est pas encore fait.

— Je l'espère bien.

Jean prit un temps, puis se tournant vers sa mère, il ajouta d'une voix hésitante :

— Il y aurait bien un moyen !...

— Lequel ?

— Mère, voudrais-tu me rendre ma parole... m'autoriser à voler ?

Mme Dubreuil tressaillit ; son regard se voila.

— Je comprends, dit-elle tristement, tu voudrais lutter contre ton rival, l'empêcher d'emporter la victoire ! Hélas ! as-tu oublié, mon enfant, la triste mort de ton père ? Voudrais-tu me laisser seule au monde ? Oui, je sais ce que tu vas me dire : les accidents sont rares. Mais si une catastrophe arrivait encore ? As-tu songé à cela, à ma douleur ? Dois-tu donc conquérir ta fiancée au prix de mes angoisses ? Si je savais que tu montes en avion, vois-tu, mon émotion serait telle que je crois que j'en mourrais !

Jean Dubreuil n'insista pas.

Il prit la main de sa mère, la couvrit de baisers.

— Maman, ne pensons plus à cela ; oublie ce que je t'ai dit. Laisse-moi seul avec mes pensées... J'ai besoin de solitude, de silence.

La mère embrassa doucement son fils sur le front.

— Pauvre petit, dit-elle, je te plains.

Elle se retira lentement.

Jean Dubreuil la suivit du regard, puis nerveusement il prit une cigarette dans son étui, et se jetant avec colère dans son fauteuil il déclara à haute voix :

— Je ne vois pas d'issue ! Quelle aventure ! Qui donc me tirera de là ?...

Il resta bouche bée...

La porte du cabinet de travail communiquant avec la bibliothèque venait de s'ouvrir, livrant passage à un homme qui, à la vue de Jean Dubreuil, s'arrêta comme pétrifié.

La stupeur des deux hommes était impossible à traduire.

Tous deux se contemplaient avec une égale curiosité, mêlée d'effroi, ne trouvant pas de mots pour exprimer les sentiments qui les agitaient.

Ils se demandaient l'un et l'autre s'ils n'étaient pas la proie d'une hallucination :

C'est qu'en vérité il se passait quelque chose d'inouï, d'extravagant, d'invraisemblable.

L'inconnu qui venait de faire irruption dans le bureau de Jean Dubreuil lui ressemblait d'une façon frappante.

C'était le même regard, la même

taille, le même port de tête, les mêmes cheveux...

Une seule chose différenciait les deux hommes.

Jean était vêtu avec élégance, son sosie portait des vêtements usagés, en loques.

Un bruit confus arriva jusqu'à Jean Dubreuil, l'arracha à la contemplation de cet homme qui avait pénétré chez lui de si étrange façon...

Ce fut un rappel rapide à la réalité.

Jean bondit vers son bureau, ouvrit un tiroir, en sortit un browning qu'il braqua sur l'inconnu :

— Qui êtes-vous ? Comment êtes-vous entré chez moi ? Dans quel but ?

L'homme eut un sourire navrant :

— Vous pouvez me livrer à ceux qui me poursuivent. Rassurez-vous, je ne me défendrai pas... je suis trop las...

Jean eut un haut-le-corps...

Il lui avait semblé que c'était lui-même qui parlait.

— C'est prodigieux, murmura-t-il, plus que prodigieux... effrayant... Je me demande si je ne rêve pas...

— Et moi, balbutia l'intrus, je crois rêver... une pareille ressemblance...

Le bruit se rapprochait :

On entendait des voix, des pas, les cris de Prosper...

L'homme dit :

— Les agents ont trouvé ma piste. Je suis perdu. Adieu, monsieur...

Il se dirigea vers la porte qui donnait sur le couloir.

— Non, dit Jean. Entrez là.

Il avait soulevé une tenture, poussé une petite porte donnant sur un cabinet noir.

— Entrez là et ne bougez pas...

L'homme, d'un pas traînant, sans manifester aucun effroi, pénétra dans la pièce obscure.

Derrière lui, la porte se referma, la tenture retomba...

On frappait à la porte du cabinet de travail.

— Monsieur, monsieur Jean, patron... Etes-vous là ?

— Entrez, dit Jean, qui avait repris sa place dans son fauteuil.

CHAPITRE VI

CE QUI S'ÉTAIT PASSÉ

Prosper entra en coup de vent, précédant deux messieurs qu'à leur allure Jean reconnut tout de suite pour des agents de la Sûreté.

Derrière eux, Mme Dubreuil parut, escortée de deux domestiques, armés, l'un d'un vieux pistolet et l'autre d'une paire de pincettes.

— Vivant ! Il est vivant ! s'écria Prosper... Vous voyez, messieurs les agents, mon patron est vivant. L'assassin n'est donc pas ici !

— Un assassin ? dit Jean. Qu'est-ce que cela signifie ? Allez-vous m'expliquer ?

Un des agents s'avança :

— Pardon, excuse, monsieur, si on vous dérange, mais on est certain qu'il est dans la maison...

— Qui ?

— L'individu.

— Mais quel individu ?

— Explique ça, Leloup, dit à son collègue le premier agent qui avait parlé. Moi je ne sais pas faire de phrases. Mais pourvu que le gredin ne s'échappe pas pendant ce temps-là !

— Pas de danger, dit vivement Prosper. J'ai fermé la porte à clef et j'ai la clef dans ma poche.

— Voyons, dit Jean, simulant l'impatience, voyons, que se passe-t-il ?

— Eh bien, pour lors, reprit l'agent Leloup, voici ce qui se passe.

« Mon collègue Daurisse et moi nous étions comme qui dirait en train de faire une sorte de ronde dans les rues qui avoisinent le jardin qui est autour de votre hôtel, histoire de voir si tout se passait conformément à la loi et à la tranquillité publique dans ce quartier, vu qu'à la tombée de la nuit on rencontre des fois par ici des gens qui seraient mieux en prison qu'au grand air...

L'agent Daurisse approuva de la tête, émerveillé de la faconde de son collègue.

— Assieds-toi, maman, dit Jean d'un air résigné, je vois que le récit de Monsieur sera un peu long.

L'agent Leloup, vexé, se redressa :

— Si vous le désirez, monsieur, je ne dirai rien du tout et je poursuivrai mes recherches, mais puisque vous avez demandé à savoir ce qui se passait...

— Vous avez raison, monsieur, dit Jean courtoisement. Ne prenez pas en mauvaise part ma réflexion. Ma chère maman étant âgée, j'ai cru pouvoir me permettre de vous interrompre pour l'inviter à s'asseoir. Mais je vous promets de ne plus recommencer... Continuez donc, je vous prie.

Leloup se rengorgea.

Il se tourna vers Mme Dubreuil, la salua :

— Que je suis toujours heureux, madame, qu'on rende hommage aux personnes de votre sexe et que je suis satisfait d'avoir été interrompu dans mon rapport pour une chose aussi agréable.

« Je continue donc. Or, voici que Daurisse et moi, comme nous allions quitter le quartier et porter ailleurs nos pas vigilants, nous voyons sortir de l'ombre un particulier qui ne nous avait pas vus, vu que, pour donner le change aux passants sur notre mission, mon collègue et moi étions sous une porte cochère en train de fumer une cigarette.

« Pour lors, le type en question sort de l'obscurité et passe sous un bec de gaz.

« Tout de suite je dresse l'oreille et je renifle.

« La clarté du bec m'avait montré une frimousse qui ressemblait singulièrement à celle d'un lascar que nous recherchons depuis quelque temps. « Est-ce lui ? » dis-je à Daurisse.

« Il me répond : « C'est lui ou c'est « pas lui, mais avec une tournure pa- « reille on ne risque rien de le filer et

« de le coffrer s'il a un geste ou un « mot équivoque... »

« Je reconnais, car je suis franc, que Daurisse n'était pas si bête qu'il le paraît, et je dis, étant le plus vieux dans le métier et par conséquent ayant le droit d'intimer un ordre : « Daurisse, tu as raison ! Je t'ordonne « de me suivre ! »

« Tout en délibérant nous n'avions pas quitté de l'œil le citoyen en loques qui avait plutôt l'air d'un malfaiteur que d'un brave homme comme vous et moi.

« Nous le voyons s'approcher du mur du jardin.

« Nous le suivons de loin en ayant bien soin de raser les murs approximatifs pour qu'il ne nous voie pas.

« Le personnage cité marchait d'un pas fatigué, signe qu'il avait beaucoup marché, et il n'avait pas l'air costaud, signe qu'il n'avait sans doute pas mangé de la journée.

— Le pauvre homme ! laissa échapper Mme Dubreuil.

L'agent Leloup la regarda, indigné :

— Le pauvre homme ! ricana-t-il, vous allez voir comme il est intéressant.

« Voilà-t-il pas qu'il s'arrête brusquement devant votre mur, regarde de tous les côtés, et, ne voyant personne, qu'il s'élance comme un jaguar, se cramponne des griffes au sommet du mur.

« A ce spectacle mon sang ne fait qu'un tour et oubliant la prudence qui doit diriger tous nos actes, je me suis écrié : « Ah ! le chameau, il va « nous filer entre les pattes ! »

« Et je me suis mis à courir vers le particulier, escorté de Daurisse qui me disait : « Fallait rien dire et entrer « dans l'hôtel, on l'aurait pincé. »

« Encore une fois Daurisse (je suis franc) avait été moins bête qu'il ne paraît.

« Il avait raison, mais raison trop tard, vu que l'individu nous entendant s'était empressé d'enjamber le mur et de disparaître dans le jardin.

« C'est alors que j'ai eu l'idée de génie de crier très fort pour que le malfaiteur il m'entende : « Daurisse, « reste là devant ce mur avec quatre « hommes : moi je vais avec les cama- « rades perquisitionner dans l'hôtel. »

« Vous comprenez pourquoi j'ai dit ça, hein ? »

— C'est pas malin, dit Prosper. C'était pour que le type ne ressaute pas le mur après votre départ.

— Tout juste, mon garçon. Et c'est alors que mon collègue et moi nous avons eu l'idée d'entrer dans votre hôtel et nous avons immédiatement demandé qu'on ferme toutes les portes et qu'on garde toutes les issues.

« En surplus, nous avons donné le signalement de ce malfaiteur à ce brave jeune homme que nous avons trouvé dans la cour en train de fumer une cigarette.

— C'est parfait, dit Jean, mais permettez-moi de vous poser une simple question.

— Faites, monsieur, et si ma conscience me permet de vous répondre...

— Oui. Oh ! certainement ! Vous avez été très malin en disant à votre collègue de garder le mur du jardin avec ses hommes. Mais supposez que l'individu que vous cherchez ait été aussi malin que vous et qu'ayant risqué un œil par-dessus le mur il ait vu que les hommes de l'agent Daurisse n'étaient qu'un mythe.

— Un mythe ! fit Leloup froissé, expliquez-vous, monsieur, ce n'est pas le moment de plaisanter.

— Oui, si votre homme a vu qu'il n'y avait personne derrière le mur, rien ne l'empêche d'être reparti par le chemin qu'il avait pris.

Leloup et Daurisse se regardèrent consternés.

— C'est possible, ça, collègue ! fit Daurisse.

— Il aurait eu cette audace ! gronda Leloup. Mais ça serait une chose ignoble, ça. Ça serait une gredinerie...

— Mais non, mais non, dit Prosper, c'est pas possible, ça... Voyons, monsieur l'agent, vous savez bien ce que vient de dire Julie.

— Julie, jeune homme, quelle Julie ?

— Oh ! pas Julie l'ouvrière, gouailla Prosper ; non, la femme de chambre que nous avons croisée dans l'escalier. Elle vous a dit qu'elle avait entendu ouvrir une fenêtre au premier, du côté du jardin, puis des pas précipités comme ceux de quelqu'un qui irait dans le cabinet de travail de Monsieur.

— Ah ! oui..., oui, triompha bruyamment Leloup. C'est vrai ! j'oubliais la déposition capitale de cette Eugénie et que c'est pour cela que nous sommes ici. Je savais bien, moi, que mon moyen était bon, et qu'il n'avait pas sauté par-dessus le mur. Oui, monsieur, la nommée Junie, Eugénie...

— Julie, rectifia Prosper.

— Parfaitement, dit Leloup avec condescendance, Eugénie, Junie, Julie, elle a entendu marcher vers cette pièce... qu'elle affirme... Donc le bandit est ici.

Jean Dubreuil, ironique, rétorqua :

— Mais s'il était ici, je l'aurais vu.

— Il est peut-être dans la bibliothèque, insinua Prosper.

— Je l'aurais entendu aussi. Dans tous les cas, messieurs, si vous voulez voir par vous-mêmes...

— Il doit y être, dit Leloup, je le renifle. Daurisse, prépare les menottes. Ouvrez la porte, jeune homme, et mettez-vous derrière moi, des fois qu'il soit armé.

Prosper haussa les épaules et courut ouvrir la porte.

— Rendez-vous, cria Leloup, se précipitant son revolver à la main. Haut les mains, canaille, ou je tire...

« Tiens, il n'y a personne...

Jean Dubreuil, qui avait peine à retenir son hilarité, s'écria gaiement :

— Vous perdez votre temps, messieurs. Mon avis est que votre homme vous a brûlé la politesse et qu'il est loin d'ici à l'heure qu'il est, s'il court depuis que vous le cherchez dans cet hôtel.

Penauds, Leloup et Daurisse se regardaient ; ils ne savaient plus que penser.

Soudain, Leloup ayant porté ses regards sur Jean Dubreuil poussa un cri de stupeur.

Jean, qui pendant le récit de l'agent était resté accoudé à son bureau, le visage dans l'ombre, à peine éclairé par la lampe électrique recouverte par un épais abat-jour vert foncé, se trouvait en ce moment sous le plafonnier qu'il avait allumé lorsque les agents s'étaient dirigés vers la bibliothèque.

Il était donc inondé par la clarté violente qui tombait du plafond.

C'est en voyant les traits de son hôte que Leloup n'avait pu retenir un cri de surprise.

Son étonnement fut aussitôt partagé par son collègue.

— Ça, c'est drôle, s'exclama Leloup.

— C'est plus fort que de jouer au bouchon, répliqua Daurisse, et si je ne le voyais pas, je ne le croirais pas !

— Dites donc, vous autres, fit Prosper indigné de voir les agents considérer avec une étrange curiosité son patron, c'est-il que vous avez peur de ne pas reconnaître Monsieur quand vous le rencontrerez, que vous le photographiez avec vos mirettes ?

— Mon garçon, dit sévèrement Leloup, soyez poli avec les représentants de l'autorité, si vous ne voulez pas que je vous conduise au poste.

— Mais enfin, messieurs, demanda Jean, pourquoi cet étonnement à ma vue ?

« Je ne sache pas que je sois sous le coup d'un mandat d'amener.

« Serais-je, sans le savoir, coupable de quelque méfait ?

— Pour coupable, monsieur, répondit Leloup, je ne crois pas que vous le soyez, mais vous l'êtes tout de même de ressembler à celui que nous cherchons.

« Quand je vous ai vu à l'instant en pleine lumière, j'ai eu l'impression que vous étiez celui que nous avons vu tout à l'heure quand son visage était éclairé en plein par le bec de gaz.

— Le même, tout à fait, affirma Daurisse, et si monsieur avait les habits qu'il portait tout à l'heure, je n'hésiterais pas à lui passer les menottes...

— Mais c'est fou ! s'écria Mme Dubreuil indignée, confondre mon fils avec un malfaiteur...

— Non, mais, vous êtes dingos ! vociféra Prosper exaspéré. S'imaginer que M. Jean se déguise en « proparien » pour escalader les murs de son jardin et rentrer en cachette chez lui, quand il lui est si commode de passer par la porte !

— Vous, le mécanicien, dit Leloup, je vous réitère de garder le silence avec vos observations « sottes-grenues » ; je sais ce que je dis peut-être et n'en déplaise à Madame qui m'a l'air d'une brave femme, je suis en droit de lui demander si elle reconnaît bien le monsieur qui est là habillé avec élégance, alors qu'il était mal vêtu tout à l'heure.

Film Pathé.

En attendant le retour des avions, les nombreux spectateurs furent invités à aller joyeusement sabler le champagne sous une tente dressée à cette intention.

Jean Dubreuil fut pris d'un fou rire.

Prosper, rouge de colère, serrait les poings, prêt à bondir sur les agents.

Les deux domestiques ahuris regardaient avec un air stupide Daurisse et Leloup qu'ils prenaient pour deux fous.

Mme Dubreuil levait les bras au ciel, pétrifiée par une aussi extraordinaire question.

Daurisse se grattait le bout du nez, contemplant Leloup qui, impassible, attendait que Mme Dubreuil voulût bien répondre..

Le spectacle était ahurissant et Jean s'en donnait à cœur joie.

— Monsieur, dit enfin Mme Dubreuil, je vous prie de cesser cette plaisanterie. Vous ne trouvez pas chez moi l'homme que vous cherchiez? Dans ce cas, je vous prie de vous retirer.

— Madame, mon devoir...

— Votre devoir vous enjoint de ne pas rester une minute de plus. Si vous ne vous en allez pas, je téléphone tout de suite à la préfecture de police...

Le bras tendu, Mme Dubreuil montrait la porte aux agents...

— C'est bien, dit Leloup, puisque l'on nous chasse, nous partons, mais nous aurons notre revanche, et vous, le rieur, vous ne rirez pas toujours. Vous verrez bientôt que Leloup n'est pas aussi bête que Daurisse en a l'air... Venez, collègue...

Il mit son chapeau melon sur sa tête d'un geste autoritaire et, d'un air de défi, se dirigea vers la porte, suivi de Daurisse, qui saluait humblement tout le monde.

— Lucien, Dominique, ordonna Mme Dubreuil, reconduisez ces messieurs...

— Et moi aussi, je les reconduis pour leur-z-ouvrir la porte, vu que j'ai la clef, dit Prosper en riant et en emboîtant le pas derrière les agents.

Mme Dubreuil, courroucée, les regarda s'éloigner, puis s'approchant de Jean qui riait toujours :

— Te prendre pour un malfaiteur? Me demander si tu es mon fils? fit-elle...

« Oh ! cela ne se passera pas ainsi...

— Bah ! dit Jean, c'est trop drôle. Il n'y a qu'à en rire.

— Je ne suis pas de ton avis, Jean. Cet agent, en partant, t'a regardé d'un air de menace. Tu verras qu'il essaiera de te causer des ennuis...

Pour toute réponse, Jean embrassa sa mère.

— Là, maintenant, je t'en prie, laisse-moi seul, et dis qu'on ne me dérange sous aucun prétexte. J'ai des lettres très importantes à écrire.

CHAPITRE VII

PETITE SCÈNE DE FAMILLE

Tandis que ces événements se déroulaient chez les Dubreuil, des faits beaucoup plus graves se passaient chez Dupon-Martin.

Tout d'abord, lorsque Jean Dubreuil eut pris congé de Simone, elle alla dans le parc en quête de solitude pour pleurer et réfléchir à son aise.

Le résultat de ses réflexions fut qu'elle ne céderait pas à la volonté paternelle.

Elle se promit de manifester à son tour sa volonté au cours du déjeuner.

Mais M. Dupon-Martin, appelé à Paris par un coup de téléphone, ne déjeuna pas au château, et ne revint que fort tard dans l'après-midi.

Simone profita de l'absence de son père pour conférer avec Justine à qui elle fit part de la décision de son père et de celle qu'elle venait de prendre.

— J'épouserai Jean ou je ne me marierai pas ! déclara-t-elle.

— Vous avez bien raison, mademoiselle. C'est comme moi, si je n'épouse pas Prosper, je refuserai d'en épouser un autre. Il est vrai que je n'en connais pas d'autre qui veuille m'épouser ! Mais ça ne fait rien. Je ferai comme vous, Prosper ou rien... A ce propos, il faut que je vous avertisse que M. Hoffer est en bas dans le salon.

« Il m'a dit qu'il voulait vous parler un moment de la part de monsieur votre père.

— Ah ! dit Simone, il veut me parler. Cela tombe bien ; moi aussi, je désire lui dire ce que je pense... Attends-moi là dans ma chambre.

Simone se rendit aussitôt dans le salon.

Hoffer, qui se promenait de long en large, l'air soucieux, prit un air souriant à la vue de la jeune fille.

— Mademoiselle Simone, dit-il, monsieur votre père m'a autorisé à avoir avec vous une conversation particulière.

— Il me semble, monsieur Hoffer, qu'il vous arrive souvent de m'adresser la parole sans l'autorisation de mon père.

— Oui, sans doute, mademoiselle. Je me permets de vous souhaiter le bonjour, de m'informer de votre santé, mais je n'ai jamais eu avec vous d'entretien sérieux.

— Soit, profitez de l'occasion. Qu'avez-vous à me dire ?

— Mademoiselle, vous n'êtes pas sans vous être aperçue des sentiments que j'éprouve pour vous. Une femme remarque toujours ces choses-là.

— Je ne suis pas une femme, monsieur Hoffer, je suis une jeune fille et, par conséquent, je n'ai pu remarquer ce que remarque si bien une femme. Voulez-vous vous expliquer plus clairement ?

Hoffer garda le silence, regarda Simone, puis brusquement :

— Je vous aime, mademoiselle, et mon ambition serait de devenir votre mari.

Simone éclata de rire.

— Vous êtes ambitieux, en effet, monsieur...

— Mademoiselle...

— Vous n'avez oublié qu'une chose, c'est que pour se marier il faut être deux à le vouloir. Or, si vous désirez m'épouser, vous, moi je ne tiens pas du tout à devenir Mme Hoffer.

— Mademoiselle !

— Laissez-moi parler, je vous prie. Vous m'aimez, dites-vous : je le regrette, car je ne vous aime pas, moi. J'aime Jean Dubreuil.

— Je sais qu'il a demandé ce matin votre main à M. Dupon-Martin.

— Et vous savez aussi que mon père a refusé, prétextant qu'il vous avait donné sa parole.

— C'est la vérité, mademoiselle. M. Dupon-Martin, avec une bienveillance que je n'oublierai jamais, a bien voulu me laisser entendre que si j'étais vainqueur de ce match, je pouvais aspirer à votre main... Votre père savait d'ailleurs depuis longtemps mes sentiments pour vous. Et vous-même...

— Moi, s'écria Simone irritée, est-ce que j'ai fait attention à vous ?

« Croyez-vous que je me sois intéressée à vos œillades langoureuses et à vos soupirs ?

« Si je les avais remarqués, je vous aurais prié de cesser ces familiarités impertinentes que je n'aurais jamais tolérées de la part d'un employé de mon père.

« Mais je vous l'ai dit, je n'ai pas fait attention à vous...

« J'aime Jean Dubreuil et j'avais le cœur trop plein du souvenir de celui que j'aime pour m'occuper de ce qui se passait autour de moi.

— Enfin, mademoiselle, dit Hoffer pâle de colère, il n'en est pas moins vrai que la volonté de votre père...

— Auriez-vous la prétention de m'épouser malgré moi ?

— Mademoiselle, dit Hoffer avec un sourire mielleux, comme vous venez de le dire, je suis employé de votre père et, à ce titre, je dois exécuter, sans les discuter, ses ordres, quels qu'ils soient... Si M. Dupon-Martin m'ordonne de vous épouser, j'obéirai...

— Avec plaisir, j'imagine.

— Avec enthousiasme, mademoiselle, car je vous adore.

— Dites que vous adorez mes millions.

— Vous vous trompez, mademoiselle, c'est vous seule que je veux et je suis prêt à vous épouser sans dot.

— Je ne vous crois pas.

— Il m'est facile de vous prouver que je suis sincère...

— D'ailleurs, peu importe tout cela. J'ai promis à Jean de l'épouser et je l'épouserai...

Hoffer eut un petit rire narquois.

— Vous vous trompez, mademoiselle, vous n'épouserez pas M. Dubreuil.

— Oui, je sais, mon père peut me contraindre..

— Votre père vous laissera libre...

— En ce cas...

— Ecoutez-moi, mademoiselle Simone, et retenez ceci. C'est vous-même qui, de votre plein gré, renoncerez à M. Dubreuil... Ne riez pas... Et vous ferez cela dans l'intérêt de M. Dubreuil, qui sera exposé aux pires catastrophes s'il devenait votre époux... M. Dubreuil a beaucoup d'ennemis. Si vous l'aimez, si vous tenez à sa vie, croyez-moi, ne l'épousez pas. Au revoir, mademoiselle.

Hoffer, respectueusement, salua Simone et sortit lentement du salon.

Simone, abasourdie, n'avait pas trouvé un mot à dire.

Que signifiait cette menace ?

Jean serait-il vraiment en danger ?

Est-ce que Hoffer oserait attenter aux jours de son rival ?

Allons donc ! On voulait l'intimider, lui faire peur, lui arracher son consentement pour une union détestée.

Le temps était passé des guets-apens, des ennemis qu'on supprime dans l'ombre.

Finie l'époque des combats à outrance, des poisons terribles, des sbires engagés pour assassiner.

Hoffer avait voulu la terrifier.

Et il y avait presque réussi.

Mais à présent elle se ressaisissait.

Ni la persuasion ni la menace n'auraient raison de son amour.

Elle serait à Jean Dubreuil, à nul autre !

Elle remonta précipitamment dans sa chambre.

Mais Justine lassée d'attendre était retournée à ses fourneaux.

Simone médita longuement, puis, pour passer agréablement le temps, elle écrivit à Jean une longue lettre tendrement amoureuse...

Elle la cachetait lorsqu'on vint la prévenir que le dîner était servi et que son père l'attendait...

Le repas fut calme. Les domestiques étant là, on ne pouvait causer de choses intimes. Mais, le service terminé, le père et la fille restèrent seuls.

M. Dupon-Martin, qui avait été frappé du mutisme de sa fille pendant le dîner et qui n'en augurait rien de bon, aurait bien voulu s'esquiver, mais Simone le retint.

— Papa, j'ai à te parler.

— Parle, ma chérie : que désires-tu ? Un collier, un bracelet ?

— Papa, est-il vrai que vous ayez refusé ma main à M. Dubreuil ?

— Euh !... euh !... Oui... je crois.... il me semble...

— Et que vous l'ayez promise à votre Hoffer ?

— « Mon » Hoffer ! En voilà des façons de parler d'un brave garçon qui m'est tout dévoué

— Répondez-moi, je vous prie.

— Pourquoi me dis-tu vous ?

— Parce que je suis très mécontente !

— Allons, bon ! Moi qui croyais que tu serais enchantée.

— D'épouser M. Hoffer ? Vous vous moquez de moi. Vous savez bien que j'aime Jean.

— Pardon, pardon, je ne le sais que depuis ce matin. C'est M. Dubreuil qui m'a annoncé votre amour, en me demandant ta main. Tu ne m'en avais jamais rien dit, toi. Comment pouvais-je le deviner ? Croyant que ton cœur était libre, j'ai engagé ma parole, je l'avoue...

« Or, Simone, tu sais ce que c'est que la parole d'un honnête homme ? Je le regrette, mais ce qui est promis...

— Mais puisque je n'aime pas M. Hoffer !

— Maintenant... Mais tu l'aimeras plus tard.

— J'aime Jean !

— Maintenant... Mais tu l'oublieras bien vite.

— Jamais !...

— Ce sont là des mots, ma petite fille. Mais, dans la vie, mon enfant, les mots sont de peu d'importance. Il n'y a que les actes qui comptent. Et le mariage est un acte grave d'où dépend tout un avenir. Oui, oui. L'amour, je sais. Quand on est jeune, on ne croit qu'à l'amour, mais ça passe vite et les regrets et les larmes durent plus longtemps que le plaisir d'aimer, crois-moi. Rien ne vaut une affection solide et durable reposant sur une estime réciproque.

— Et quand l'estime n'existe pas ? Et puis, tenez, tout ça, c'est inutile, mon père. Je n'épouserai pas votre Hoffer... Si vous usez de votre autorité paternelle pour me contraindre à cette union détestée, je me tuerai.

— Simone !...

Simone avait disparu, courait se réfugier dans sa chambre.

Au même moment entrait Hoffer qui, voyant l'air embarrassé de Dupon-Martin, devina ce qui s'était passé.

— Mon cher, commença le père de Simone, je suis très ennuyé...

Hoffer l'interrompit :

— Bon... bon... Je m'y attendais. Elle résiste, mais ne vous inquiétez pas. Ça s'arrangera.

— Je n'en sais rien ! Elle aime Jean Dubreuil...

— Oh ! dit Hoffer d'un air inquiétant, M. Jean Dubreuil est mortel... Il arrive des accidents tous les jours.

« Mais il ne s'agit pas de cela. Je viens d'apprendre que Génévrier a fait à son appareil une modification importante et des plus heureuses. Je ne suis plus aussi sûr de la victoire.

— Ciel ! s'écria Dupon-Martin. Mais ce serait épouvantable. Toutes mes commandes, la publicité... Non, non, c'est impossible. Je veux cette victoire. Il me la faut. Hoffer, mon ami...

— Vous l'aurez, dit Hoffer, quand je devrais...

Il s'arrêta net, regarda dans les yeux Dupon-Martin :

— J'emploierai tous les moyens, tous... vous m'entendez ? mais n'oubliez pas ce que vous m'avez promis. Je veux votre fille...

— Vous l'aurez, dit Dupon-Martin, je vous le jure.

CHAPITRE VIII

L'INCONNU

Sa mère partie, Jean Dubreuil ferma la porte à clef derrière elle.

Il se dirigea vers le cabinet noir, souleva la tenture.

— Sortez, dit-il à l'inconnu.

L'homme obéit, sa casquette à la main.

— J'ai tout entendu, dit-il d'une

voix éteinte... Je vous remercie de ne pas m'avoir livré...

— Est-ce exact, ce que les agents ont dit? Etes-vous recherché pour un crime?

— Un crime! moi! protesta l'inconnu, c'est faux!

« Non, je n'ai pas commis de crime, mais, hélas! poussé par la misère, j'avoue que j'avais pénétré chez vous dans l'intention de voler... Je suis à bout de forces, j'ai faim... Je ne trouve pas de travail... Partout on me repousse.

— Comment vous appelez-vous?

— Pierre...

— Vous n'avez pas d'autre nom?

— Si, celui de ma mère, parce que mon père... Mais à quoi bon parler du passé? Oui, j'ai reçu de l'instruction... J'aurais pu faire un honnête homme. La fatalité ne l'a pas voulu.

— Asseyez-vous, dit Jean, tout à l'heure je vous apporterai à manger.

L'homme obéit.

— Qu'allez-vous faire de moi? demanda-t-il timidement.

— Je ne sais pas. Je réfléchis.

Jean regardait son sosie.

Une pensée lui était venue qui mettait dans ses yeux une flamme de gaieté.

— Ce serait drôle, murmura-t-il, et pourquoi pas?

L'autre, pensif, laissait errer ses regards sur ce qui l'entourait, tandis que se décidait sa destinée.

Tout à coup il se leva, se dirigea vers la cheminée et désignant du doigt un portrait dans un cadre:

— Monsieur, dit-il, quel est cet homme?

— Cet homme, dit Jean étonné du trouble de l'inconnu... Mais c'est mon père, Henri Dubreuil... l'auriez-vous connu, par hasard?

— Votre père? Votre père?

Il laissa retomber son bras. Son visage redevint morne et las, la flamme de ses yeux s'éteignit.

— Non, non, je ne l'ai pas connu. C'est une ressemblance. Excusez-moi.

— Ecoutez, dit Jean Dubreuil, je ne sais rien de votre vie. D'où vous venez, qui vous êtes, ce que vous avez fait, je ne veux pas le savoir.

« Mais je suis persuadé que vous avez été plus malheureux que coupable.

« Voulez-vous avoir confiance en moi, recommencer une nouvelle existence?

— Si je le veux, mais je ne demande que cela!

— Voulez-vous m'obéir en tout, si extraordinaire que vous paraisse ce que je vous demanderai?

« Rassurez-vous, je ne demanderai rien que d'honnête.

— Oh! je le sais, monsieur, j'en suis persuadé.

« Vous venez de me sauver de la prison, de la honte, de l'infamie.

« Disposez de moi à votre bon plaisir et comptez sur mon dévouement et ma reconnaissance.

— Eh bien! Pierre, dit gravement Jean Dubreuil en lui tendant la main, dès aujourd'hui, vous allez vivre une nouvelle existence que je dirigerai pour votre bonheur et pour le mien aussi, j'espère. Je me fie à vous et vous offre mon amitié.

— Monsieur, balbutia l'inconnu, tant de bonté me confond. Que pourrais-je faire pour vous montrer que j'en suis digne?

— Etre un honnête homme.

L'inconnu — Pierre — se redressa.

Il étendit la main vers le portrait d'Henri Dubreuil et d'une voix ferme déclara :

— Sur le portrait de votre père, monsieur Dubreuil, je vous jure d'être un honnête honne !

Les deux jeunes gens émus se regardèrent longuement.

Jean intrigué, en contemplant son sosie, se dit :

— Pourquoi donc cet homme est-il troublé à la vue de ce portrait?

En effet, qu'importait à cet étranger la vue du père de Jean, puisqu'il ne l'avait pas connu ?

Quel était donc cet homme étrange ? D'où venait-il ?

CHAPITRE IX

LES ÉTONNEMENTS DE PROSPER

Prosper Mézan venait de sortir du garage de l'hôtel l'auto de Jean Dubreuil.

La voiture était en parfait état, luisante, astiquée, aussi nette que si elle sortait de chez le marchand.

Prosper la contempla avec satisfaction.

— Ça, c'est une machine, murmura-t-il. Ça roule, c'est sage, ça ne dépense presque pas d'essence, c'est docile, bien élevé, et quand on veut ça va plus vite que les rapides... les plus rapides... Il a eu le nez creux, le patron, quand il a acheté son auto.

Mais la satisfaction de Prosper ne fut pas de longue durée...

Il se croisa les bras devant l'auto et d'une voix rageuse :

— Oui, tu es bath, tu es une belle fille... seulement c'est plus moi qui te mène prendre l'air. C'est le patron, rien que le patron.

« Mais, bon sang, qu'est-ce qui se passe ici ?

« Depuis que ces sacrés policiers sont venus à l'hôtel, tout va de « traviole ».

« D'abord, M. Jean sort tout le temps avec l'auto et tout seul...

« Où qu'il va ? Pourquoi qu'il reste si longtemps dehors ?

« S'il va voir Mlle Simone, pourquoi qu'il ne m'emmène pas voir Justine ?

« Et pourquoi ne me dit-il plus rien de ce qu'il fait ?

« Ça ne peut pas durer comme ça, j'en ai « marre ».

« Faut que ça finisse... Ah ! v'là justement le patron ; je vas y casser le morceau.

Jean Dubreuil souriant venait, en effet, d'apparaître dans la cour :

— Bonjour, mon petit Prosper. Comment ça va, ce matin?... Toujours bien, je vois. Oui, tu es une mine superbe...

— Patience, commença le chauffeur, faut que je vous dise...

— Attends, coupa Jean, la voiture est-elle prête ?... Y a-t-il de l'essence ? Bon, tourne la manivelle, mon garçon...

— C'est-il que vous m'emmenez ? demanda Prosper, joyeux et obéissant immédiatement à l'ordre donné.

— Mon petit Prosper, dit Jean s'installant sur le siège, je ne demanderais pas mieux que de t'être agréable, tu sais, mais les affaires sont les affaires... Recule-toi, malheureux, je vais t'écraser...

L'auto démarrait, passait devant Prosper ahuri qui n'eut que le temps de se mettre de côté, et Jean disparaissait en lançant au chauffeur un ironique :

— A tout à l'heure, mon vieux !

Prosper, furieux, se donna un grand coup de poing sur la tête et rentra précipitamment dans l'hôtel en maugréant :

— J'en ai assez, moi, quand le patron rentrera je vas y fiche ma démission.

Cependant, Jean Dubreuil roulait, le rire aux lèvres, s'égayant du désappointement de Prosper :

— Ce pauvre garçon n'est pas au bout de ses ahurissements. Je lui ménage tantôt une surprise qui va l'affoler... Sacré Prosper !...

Mais bientôt Jean Dubreuil cessa de penser à son chauffeur et, son visage redevenu sérieux, il lança l'auto à toute allure, s'engagea dans les grandes avenues, gagna le boulevard Raspail qu'il traversa dans sa longueur, passa devant le Lion de Belfort, prit l'avenue Montsouris, tourna à droite, stoppa devant une petite maison à un étage de la rue Dareau.

Il descendit de voiture, chercha une clef dans sa poche, ouvrit la porte de la petite maison et entra.

Au premier étage, dans une chambre spacieuse, grillant une cigarette, un homme lisait, assis dans un confortable fauteuil.

En entendant s'ouvrir la porte, il tressaillit, se leva, jeta un coup d'œil dans la glace et sourit mélancoliquement. Jean Dubreuil était là.

— Bonjour, Pierre, dit-il à l'habitant de la maison.

— Bonjour, monsieur, dit l'homme en prenant la main que lui tendait Jean.

— Eh bien, mon cher sosie, êtes-vous enfin décidé ? Vous sentez-vous l'audace et la volonté nécessaires pour faire ce que je vous ai demandé ?

Le sosie, car l'homme qui était là n'était autre que le cambrioleur sauvé par Jean, répondit d'une voix ferme :

— Je crois pouvoir affronter cette épreuve.

— Bien, dit Jean. Vous saurez vous maîtriser, n'est-ce pas, et faire face à tous les événements, vous garder contre toute surprise ?

— Je le pense.

Les deux hommes se regardèrent.

La ressemblance était inouïe.

Depuis que Pierre portait les vête-

Film Pathé.

Jean trouva sa mère qui l'attendait un livre à la main.

Sertil consentit à céder à Jean sa place de pilote.

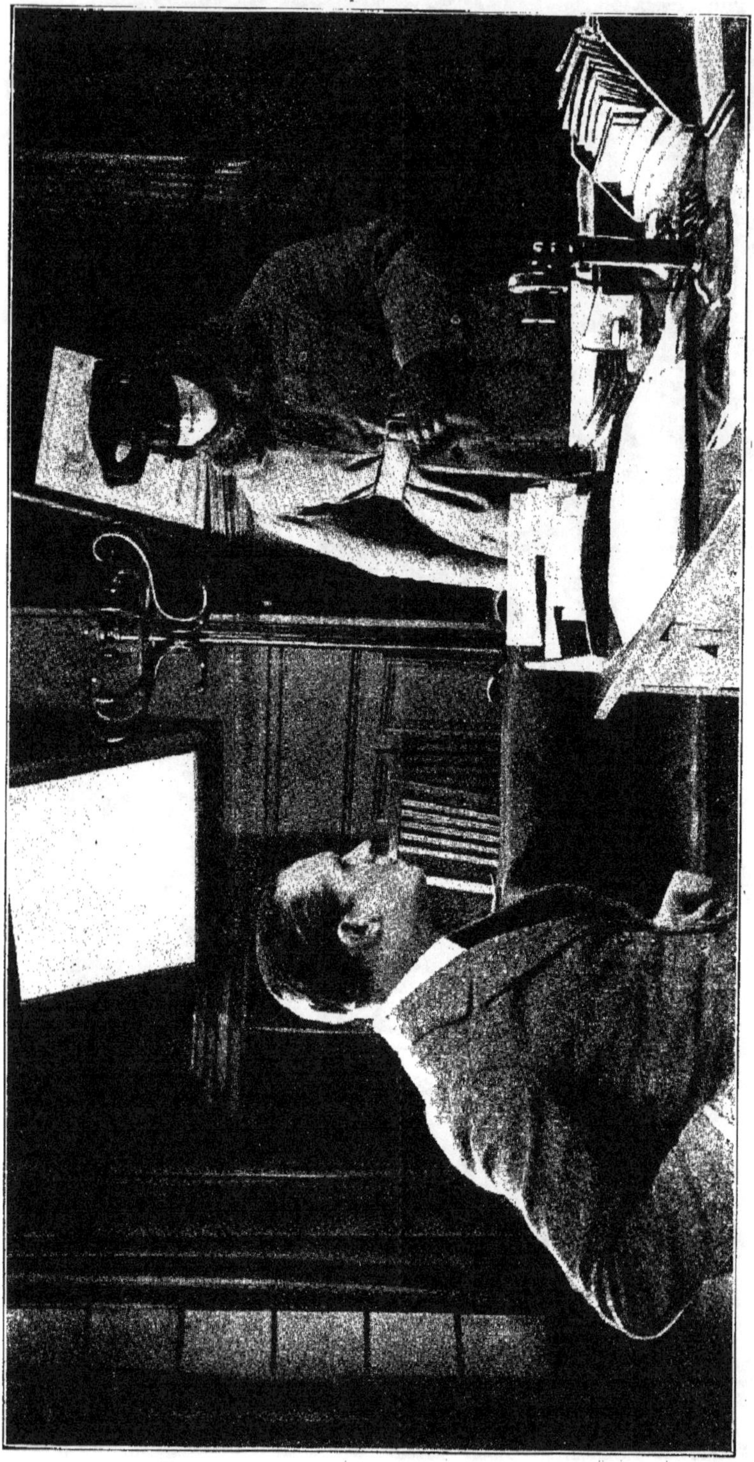

Film Pathé.

Génévrier vit entrer un étrange visiteur dont le visage était en partie caché par un masque de velours.

Simone et ses amies suivaient du regard les deux avions qui s'éloignaient.

Film Pathé.

Des fleurs dans les bras, elles attendaient le retour du vainqueur.

Film Pathé.

L'avion de l'aviateur masqué tombait comme une masse et venait s'abattre dans un bois de peupliers.

ments de Jean, il était impossible de ne pas se tromper, de ne pas le prendre pour Dubreuil.

La seule différence — différence sensible seulement lorsque les deux hommes étaient en présence — c'est que le regard de Pierre était voilé par instants d'une sorte de tristesse, tandis que les yeux de Jean étaient plutôt rieurs.

— Vous avez eu loisir de réfléchir ces jours-ci, continua Jean. Il est encore temps de dire non. Ne croyez pas que je vous abandonnerai pour cela. Au cours de nos fréquentes conversations, j'ai pu juger combien vous avez été malheureux, plus malheureux que coupable, et je considère que c'est pour moi un devoir que de vous aider de toutes les façons. Que la crainte de me désobliger ne vous influence pas...

— Je vous ai dit que j'étais prêt, monsieur Jean, disposez de moi... Le danger n'existe plus, à présent, car dans nos entretiens vous m'avez initié en détail à votre existence et je sais tout de votre vie privée.

« Je suis donc en mesure d'être « vous » sans choquer personne, sans crainte de commettre quelque impair...

— Nous allons essayer aujourd'hui même une première expérience.

« Je reviendrai vous voir tantôt... Vous serez ici ?

— Je ne sors que pour me rendre au restaurant... Je ne tiens nullement à me montrer. Si je rencontrais des policiers !...

— Pardon ! vous avez des papiers à moi, des papiers qui convaincraient ces messieurs que vous êtes bien celui qui les a reçus en son hôtel. N'oubliez pas votre personnage.

— C'est juste. Excusez-moi. Il me faut encore le temps de me déshabituer d'être « moi » pour être « vous »... Mais j'y arriverai.

— A la bonne heure. A bientôt.

Après une cordiale poignée de mains, Jean prit congé de son sosie et rentra à l'hôtel.

Il trouva sa mère qui l'attendait dans son boudoir, une lettre à la main.

— Tiens, dit-elle, voilà ce que je viens de recevoir. Que me conseilles-tu ?

Jean lut :

« Villa des Fleurs-Barbizan.

« Ma chère Laure,

« Nous serions heureux de vous
« avoir quelques jours auprès de
« nous. Décidez donc ce paresseux de
« Jean à vous accompagner. Mon
« mari et moi nous faisons une fête
« de vous voir et de vous avoir le plus
« longtemps possible.

« Vite un mot. Je vous embrasse.

« Votre vieille amie,

« Jeanne DE PRÉFONS. »

— Eh bien ! maman, c'est simple... Il faut dire oui. Tu partiras toute seule et j'irai te rejoindre dans quelques jours...

— Tu me le promets ?...

— Certainement. Mais le fameux match va avoir lieu et je tiens à être là pour rassurer ma chère Simone, à qui j'ai pu rendre un peu de confiance dans l'avenir... Où est Prosper ?

— Prosper ! Ah ! parlons-en, de ton Prosper ! Il est venu tout à l'heure m'annoncer que tu lui avais retiré ta confiance et que, dans ces conditions, puisqu'il n'était plus digne d'être ton chauffeur, il allait chercher une autre place.

Jean éclata de rire.

— Allons, je vois qu'il est temps de lui rendre le volant. Ça se terminerait par une catastrophe. Je vais me mettre à sa recherche.

« Peut-on déjeuner de bonne heure ?

— Mais tout de suite, il est plus de midi. Je t'attendais.

— En ce cas, déjeunons maintenant, je verrai Prosper tout à l'heure.

Après le repas, on eut toutes les peines du monde à découvrir Prosper Mézan, qui s'était barricadé dans sa chambre et ne se décida à en sortir que sur l'assurance formelle que son maître avait besoin de lui pour conduire l'auto.

— C'est bien vrai, patron, c'est pas des blagues ? Vous me rendez le volant et votre estime ?

— Tu n'as jamais perdu mon estime, Prosper. Allons, dépêche-toi... Avant une heure, tu sauras pourquoi je me suis privé pendant quelque temps du plaisir de ta compagnie.

Le chauffeur n'en demanda pas davantage.

Il courut dans la cour, sauta sur son siège et, ravi :

— Où c'est qu'on va ? demanda-t-il.

— Rue Dareau. Je t'arrêterai devant la maison. En route et pas de folies, monsieur Prosper. A une allure raisonnable.

Mais Prosper était déchaîné.

La joie d'être rentré en faveur le poussa à dévorer l'espace.

Aux cris effrayés des piétons, aux injures des cochers, Prosper jetait d'ironiques consolations...

Jean avait beau protester, Prosper n'écoutait rien.

Ce fut un miracle qu'on pût arriver rue Dareau sans accident.

Ayant fait arrêter l'auto, Jean sermonna Prosper :

— Je te préviens que, si tu vas aussi vite pour retourner, je te fiche à pied pour huit jours...

— Pardon, excuse, monsieur Jean, mais j'ai été grisé. Vous comprenez, j'avais plus l'habitude, mais à présent, ne vous en faites pas, on marchera comme des escargots.

Jean haussa les épaules, et entra dans la maison.

Prosper, supposant que son maître en avait pour un bon moment, quitta son siège, bourra sa pipe et se mit à fumer d'un air guilleret en se promenant de long en large.

— Bien sûr que j'irai pas aussi vite, monologuait-il, ça serait pas à faire d'écrabouiller les toutous et ces imprudents qui vont à pied. Mais il fallait que je donne une leçon au patron. A présent, c'est fini, on sera sérieux. Mais quoi qu'il fiche dans cette maison, M. Jean ? Quel est le particulier qui loge dans cette cambuse ? Ah ! le v'là. Où qu'on va ?

— On va aller... dit Jean hésitant. Ah ! sapristi. J'ai laissé mon portefeuille là-haut. Veux-tu monter au premier étage ? Tu trouveras ledit portefeuille dans une chambre sur une table... la première porte à gauche, à côté de l'escalier. Grouille-toi donc...

— Je cours... je cours... je vole... je vole.. comme un mercanti..

Ce disant, Prosper se dirigeait rapidement vers la maison, montait les marches quatre à quatre, ne s'apercevant pas que Jean, sans bruit, montait derrière lui.

La porte indiquée à Prosper était entr'ouverte.

Prosper la poussa, entra dans la chambre.

Il s'arrêta, hébété.

Assis dans un fauteuil, son patron fumait...

— Eh bien ! Prosper, mon garçon, dit-il aimablement, qu'est-ce qui t'a fait quitter l'auto ? Tu t'ennuyais donc de ne pas me voir ?

Prosper se frotta les yeux, grogna, puis brusquement :

— Ah ! j'y suis, c'est une farce : eh ben ! elle est réussie, celle-là, par exemple...

Au même instant, la voix de Jean se fit entendre derrière lui.

Prosper ahuri se retourna.

Jean était derrière lui debout... Jean était devant lui assis...

— Nom d'une pipe ! hurla le chauffeur. C'est-il que je deviens dingo ? Voilà que je vois double à présent ! Je suis pourtant pas saoul...

— Eh bien ! Prosper, demanda le Jean qui était debout, ne m'entends-tu pas ? As-tu trouvé mon portefeuille ?

— Prosper, dit l'autre Jean, celui qui était assis, où est mon portefeuille ?

— Ah çà ! ah çà ! bégaya le malheureux chauffeur reculant jusqu'au mur et tremblant de tous ses membres, c'est de la sorcellerie...

Et soudain furieux :

— Ah çà ! lequel est mon patron de vous deux ! Qu'il parle ! Que je crève l'autre !

Les deux Jean Dubreuil se mirent à rire.

Puis, celui qui était dans le fauteuil dit :

— Asseyez-vous, Pierre... Assieds-toi, Prosper ! Tu vas tout savoir, je suis enchanté de l'épreuve. Elle a parfaitement réussi. Et je vois que la ressemblance est parfaite, puisque Prosper qui ne m'a pas quitté depuis six ans s'y est laissé prendre.

« Excusez-moi tous les deux, je vais vous mettre au courant de mes projets...

Prosper, bouleversé, regardait alternativement les deux hommes et se pinçait le bras jusqu'au sang, ayant peine à en croire ses yeux et se demandant s'il était bien éveillé.

CHAPITRE X

PRÉPARATIFS

Les préparatifs en vue du fameux match avaient mis une certaine fièvre dans les usines de Dupon-Martin et de Génévrier.

Mais c'est chez Génévrier qu'on déployait le plus d'activité.

D'importants travaux avaient été faits secrètement et confiés à des ouvriers sûrs qui, ce jour-là, achevaient de mettre au point, sous les yeux de Génévrier et du pilote Sertil, l'avion qui devait entrer en lutte contre le fameux *B-VII* de Dupon-Martin.

Dans le hangar isolé où ils se trouvaient, les ouvriers travaillaient ferme, encouragés par la présence du patron et la promesse d'une forte prime si la maison Génévrier triomphait.

Sertil examinait attentivement toutes les pièces, vérifiant minutieusement l'appareil.

— Eh bien? interrogea Génévrier, vous devez gagner le match, car votre avion est plus parfait que celui de M. Dupon-Martin ?...

— Mais, vous le savez, comme aux courses, il y a les aléas.

« Qu'est-ce qu'il faut pour ramasser la bûche ? Pas grand'chose ; une paille dans l'acier des pièces, une panne de moteur, que je devienne fou, que j'aie un étourdissement...

— Il ne manquerait plus que cela !

« Vous n'avez donc pas confiance en vous?...

— Si... Mais je viens d'avoir une forte fièvre, vous le savez, et je ne puis pas répondre que je serai en parfait état de santé. A vrai dire, c'est la seule chose que je redoute ; cependant entre nous, je ne crois pas que cela arrive.

— Voulez-vous que je retarde le match ?

— Mais non. Je suis bien portant en ce moment et il n'y a pas de raison pour que ça aille mal pour le grand jour.

« Ce que j'en disais, monsieur Génévrier, c'était pour vous rassurer sur la valeur de votre appareil et vous convaincre qu'en cas d'échec il ne faudrait pas imputer cet échec à votre avion qui est un des meilleurs existant jusqu'à ce jour. La non-réussite ne pourrait être imputable qu'à un accident imprévu.

« Mais notez que votre rival court également ces risques.

« Si tout marche normalement, vous êtes certain de la victoire.

Le front de Génévrier s'éclaira.

— A la bonne heure ! Vous m'avez fait peur...

« Dites donc, Sertil, croyez-vous que Dupon-Martin a eu vent des modifications apportées à l'appareil ?

— C'est plus que probable, mais il ignore certainement le genre de modifications, et les connaîtrait-il, qu'est-ce que cela fait ?

« Il n'ira pas à présent faire des changements au dispositif de son avion...

« D'abord parce qu'il est trop tard,

et ensuite parce qu'il est persuadé qu'aucun avion n'est supérieur à son *B-VII*.

— Il doit venir tantôt. Faut-il lui montrer cet avion ?

Sertil hésita.

— Moi à votre place... je lui montrerais le dernier appareil que j'ai piloté et qui est au hangar 12. C'est plus prudent. On ne sait jamais. Et je continuerais à cacher celui-ci et à garder la nuit la clef du hangar dans ma poche.

— Dupon-Martin ne s'amuserait tout de même pas la nuit à venir démolir...

— Dupon-Martin, non... Mais Hoffer en serait capable...

— Oh ! oh ! fit Génévrier, vous allez fort. On voit que vous détestez votre rival.

— Je ne l'aime pas, c'est vrai, et il y a des raisons pour cela.

— Vous ne nierez pas que c'est un pilote hardi, qui pendant la guerre a accompli de brillants exploits...

— Oui, oui... J'ai mon idée là-dessus. Hoffer a accompli des exploits. Mais cet Hoffer-là est-il bien le même que celui qui est pilote chez M. Dupon-Martin ?

— Ah ! par exemple...

— Ça vous parait raide, n'est-ce pas ? Eh bien ! un jour peut-être, vous me donnerez raison. Je ne veux pas en dire plus long pour le moment ; mais je fais ma petite enquête, et, si elle aboutit, il y aura des gens qui seront surpris...

Il se retourna brusquement.

Un ouvrier venait d'entrer dans le hangar.

— Qu'est-ce qu'il y a, Louis ?

— C'est une carte pour vous, monsieur Sertil ; un pneumatique qui vient d'arriver. Ah ! et puis il y a M. Dupon-Martin qui est dans l'usine. Il a demandé M. Génévrier.

— J'y vais, j'y vais, dit vivement Génévrier. Venez-vous, Sertil ?

— Je vous rejoins dans un instant.

Tandis que Génévrier s'éloignait, Sertil relisait le pneumatique qu'on venait de lui apporter et restait rêveur.

« Mon cher Sertil,

« J'ai un grand service à réclamer « de votre amitié. Voulez-vous me « fixer un rendez-vous d'urgence ?

« A vous cordialement,

« Jean Dubreuil.

« *P.-S.* — Pas un mot de cette let- « tre à personne. »

Sertil sortit du hangar, déchira la carte en mille petits morceaux qu'il éparpilla.

Le pilote Sertil avait de grandes obligations à Jean Dubreuil.

Après l'armistice, Jean avait aidé Sertil, convalescent, de sa bourse et de son influence, lui procurant du travail, puis cette place chez Génévrier.

Sertil avait gardé à Jean une profonde reconnaissance, moins pour les services rendus que pour la façon cordiale et affectueuse dont ces services avaient été rendus.

Du moment que Jean Dubreuil avait besoin de lui, Sertil était tout disposé à faire ce qui lui serait demandé.

Au lieu d'aller rejoindre son patron, le pilote quitta l'usine et se rendit immédiatement chez Jean pour se mettre à sa disposition.

Aussi bien Génévrier n'avait plus besoin de lui ce jour-là et Sertil ne tenait pas à rencontrer Hoffer qui, certainement, devait accompagner Dupon-Martin.

En quoi il ne se trompait pas.

Hoffer avait suivi celui qu'il considérait comme son futur beau-père et ne se faisait pas faute d'examiner curieusement dans l'usine les nouveaux appareils en interrogeant tout le monde.

Il n'interrompit son enquête qu'à la vue de Génévrier qui s'avançait, un sourire figé aux lèvres.

— Enchanté, messieurs, de vous voir. Qu'y a-t-il, mon cher Dupon-Martin, pour votre service ? Je parie que vous venez voir mon nouvel appareil ?

— Peuh, dit orgueilleusement Dupon-Martin, à quoi bon ? Je n'y tiens pas.

— Pourquoi cela ? dit Hoffer. C'est très intéressant, au contraire, de voir les armes de son adversaire.

— Vous croyez ? Enfin, mon cher, si vous y tenez et si ça ne contrarie pas Génévrier.

— Cela me contrarie d'autant moins, dit Génévrier ironique, que vous-même, mon cher, avec une grâce parfaite, vous n'avez pas hésité à me montrer votre *B-VII*. J'ai été très touché de cette marque de confiance.

Dupon-Martin ricana :

— De la confiance ? Mais pas du tout ! J'ai tenu à vous convaincre de la supériorité de mon appareil pour que vous puissiez vous rendre compte par vous-même du peu de chance que vous aviez...

« Et vous voyez si je suis bon garçon : je viens encore aujourd'hui vous demander si vous persistez, si le pari tient toujours...

— Pourquoi ne tiendrait-il pas ?

— Mais parce que, mon pauvre ami, vous courez à la défaite.

— Croyez-vous ?

— J'en suis certain. N'est-ce pas, Hoffer ?

— Ça dépend. Je vous dirais mon avis si j'avais vu l'appareil que je dois combattre...

— Qu'à cela ne tienne... Allons au hangar 12. Vous verrez au repos le monstre que vous devez dévorer...

Les trois hommes se rendirent au hangar.

On faisait la toilette de l'avion.

— La toilette du condamné, plaisanta Dupon-Martin.

Hoffer, curieusement, s'était approché de l'appareil, se penchant, l'examinant, les sourcils froncés, les dents serrées.

— Je ne vois pas les modifications, murmura-t-il.

— Elles sont invisibles, dit Génévrier sérieusement.

« Elles sont connues de Sertil et de moi. C'est nous-mêmes qui les avons faites. Oh ! moins que rien. C'est d'une simplicité... L'œuf de Colomb. Si on vous le disait, vous seriez fort surpris. Quoi qu'il en soit, ce rien ou presque rien, fait par nous, assure à l'appareil une vitesse que vous pourrez apprécier le jour du match.

Hoffer, inquiet, regarda Génévrier. Dupon-Martin haussa les épaules.

— C'est du « bourrage de crâne ». N'en croyez rien, Hoffer. Génévrier joue l'intimidation. Il veut vous fiche le trac.

— Et, dit Hoffer, on ne peut pas savoir quelles modifications ?

— Voyons, cherchez, dit Génévrier. Moi, je n'ai rien à vous dire.

Hoffer se remit à étudier les diverses pièces de l'avion, sous le regard amusé de Génévrier, tandis que Dupon-Martin, que l'inquiétude commençait à gagner, interrogeait son rival :

— Sans blague, vous avez trouvé un moyen d'augmenter la vitesse de cet appareil avec des modifications spéciales ?

« Voyons, là, vous pouvez bien me dire ! vous pensez bien que je ne vous chiperai pas l'idée, hein !

— Mon cher, dit gravement Génévrier, je ne puis faire plus. Vous m'avez montré votre avion... Je vous montre le mien, nous sommes quittes.

Dupon-Martin pirouetta insolemment sur ses talons.

— Peuh ! du bluff ! Je ne suis pas dupe. On se moque de nous. Venez, Hoffer.

Hoffer suivit docilement son patron.

Goguenard, Génévrier les suivit du regard, tandis que les ouvriers amusés échangeaient des quolibets, se moquant des deux visiteurs, qui partaient l'air moins triomphant qu'à l'arrivée.

Dès qu'ils furent hors du hangar de Génévrier, Dupon-Martin, rageur, apostropha Hoffer :

— Est-ce que vous croyez, vous, à ces prétendues modifications ?

« Vous n'avez rien vu de nouveau, n'est-ce pas ?

— Parbleu, dit Hoffer, je n'ai rien vu, parce qu'il n'y avait rien à voir. M. Génévrier s'est payé notre tête.

— Comment cela ?

— L'avion qu'il nous a montré n'est pas du tout celui qui doit prendre part à la course.

Dupon-Martin devint écarlate.

— Vous croyez qu'il se serait permis ?

— Pourquoi pas ? c'est de bonne guerre...

— Mais alors ?...

— Ah ! dame, la victoire est moins certaine, à moins que...

Il baissa la voix :

— Ecoutez, mon cher Dupon-Martin, l'avion qu'on nous cache ne peut être piloté avec succès que par Sertil qui, seul, le connaît bien. Eh bien ! supposez que Sertil soit malade, victime d'un accident au dernier moment : qu'en se rendant sur le terrain d'aviation, l'auto qui le porte aille s'écraser contre un arbre. Ça arrive, ces choses-là...

Dupon-Martin blêmit.

— Ça arrive, quand on aide le hasard...

Hoffer s'arrêta, regarda Dupon-Martin en face.

— Je veux épouser votre fille. Pour cela, il faut que je sois vainqueur. Quand on aime, on ne regarde pas aux moyens qui vous rendent possesseur de la femme aimée.

— Mais...

— Au revoir, monsieur Dupon-Martin, je me rappelle que j'ai justement rendez-vous avec un de mes anciens camarades, qui est chauffeur d'auto. Au revoir...

CHAPITRE XI

DEUX LETTRES

Les relations entre Simone et son père étaient un peu tendues depuis la demande en mariage.

En apparence — mais en apparence seulement — le père et la fille avaient des rapports affectueux, mais dans le fond il n'en était rien.

Dès qu'il n'y avait plus ni étranger, ni serviteur, qui pussent les entendre ou les voir, toute cette comédie d'affection se transformait instantanément.

Dupon-Martin prenait un air embarrassé et évitait les regards de sa fille qui n'étaient rien moins que tendres.

Simone, il est vrai, ne disait aucune parole blessante ou irrespectueuse à l'auteur de ses jours, mais ses yeux parlaient pour elle.

Du reste, la plupart du temps, lorsqu'ils étaient seuls, elle s'enfermait dans un mutisme obstiné dont elle ne sortait que pour laisser échapper de ses jolies lèvres un oui ou un non dépourvus de cordialité.

C'est en vain que, pour rentrer en grâce auprès de sa fille, Dupon-Martin avait cru devoir s'étonner de ne plus voir Jean Dubreuil.

— Pourquoi viendrait-il ? avait répondu Simone. Ne l'avez-vous pas chassé ?

— Oh ! chassé...

— C'est tout comme...

— Mais, enfin, Simone, puisque je te répète que rien n'est encore fait. Attendons le match. Hoffer peut ne pas être vainqueur.

— Vous en seriez bien fâché.

— Je l'avoue ! Hoffer n'est pas seulement un pilote de valeur : c'est un aide précieux dans mon entreprise et il me serait très agréable de faire de lui un associé définitif en attendant qu'il devienne mon successeur. Je conviens qu'il n'a pas ces qualités extérieures, ces dehors brillants par quoi sont subjuguées les âmes féminines... Il a mieux que cela. Il est sérieux, honnête et très travailleur. C'est un garçon, rappelle-toi ce que je te dis, Simone, qui ira très loin...

« Bon... bon... je te comprends, tu as encore la tête pleine de ton Dubreuil...

« Un jour tu me remercieras d'avoir empêché ce mariage... Tu verras.

« Ton Dubreuil est un garçon charmant qui, malheureusement pour lui, s'est trouvé à la tête d'une grosse fortune.

« Aussi, que fait-il ? rien.

« Il oublie, l'imprudent, que l'argent se dépense vite et qu'il n'est fortune si grande qui ne finisse par disparaître lorsqu'on ne remplace pas par le travail l'argent qu'on jette par les fenêtres au gré de son caprice.

« Veux-tu que je te dise, moi ? Eh bien ! dans dix ans, il sera ruiné, ton Dubreuil, et il s'estimera trop heureux de trouver une place dans les usines Dupon-Martin et Hoffer.

Simone ne daigna pas répondre.

Elle sortit tranquillement, en quête de Justine qui avait pour mission de guetter le facteur et de lui remettre la lettre quotidienne de Jean Dubreuil.

Depuis l'échec de sa demande, Jean n'avait pas reparu, mais il entretenait avec Simone une correspondance des plus régulières.

Tous deux s'écrivaient au moins une lettre par jour.

Les amoureux, à quelque classe qu'ils appartiennent, ont tous le même désir de s'écrire pour se dire mille adorables riens qu'ils trouvent charmants.

Précisément Justine accourait audevant de sa jeune maîtresse.

— V'là pour vous, mam'zelle... et v'là pour moi.

— Viens, Justine, allons lire nos lettres dans le parc, nous serons plus tranquilles.

Toutes deux quittèrent le château, gagnèrent les frais ombrages du parc, et s'empressèrent de déchirer les enveloppes contenant les tendres missives de leurs bien-aimés.

Simone lut avec surprise ce court billet :

« Mon adorée,

« Quoi qu'il arrive dorénavant, ne « manifestez aucune surprise. J'in- « siste : aucune surprise quoi qu'il ar- « rive... si étrange que cela vous pa- « raisse. Vous serez ma femme en « dépit de tous les Hoffer du monde. « Mes plus tendres baisers.

« JEAN. »

— Eh quoi ! c'est là tout ! fit Simone un peu dépitée. Et toi, Justine, as-tu plus de chance ? Prosper t'écrit-il longuement ?

— Ah ! bien oui ! Lui qui m'envoie tous les jours au moins quatre pages. Ecoutez ce qu'il me dit :

Elle lut tout haut :

« Ma petite gosse,

« Tu peux préparer ton trousseau !

« ça va gazer et comment ! M. Jean « est un as ; t'entends, un as... et ce « qu'il fera... Mais mystère et discré- « tion. Ce qui est certain, c'est qu'il « aura le Hoffer et comment ! Et « Prosper aura sa Titine.

« A toi pour la vie et même davan- « tage.

« Ton charmant :

« PROSPER. »

— Hein ? C'est pas long. Par exemple ce qu'il dit est clair. Et puis, c'est des bonnes nouvelles. Je vois que le mariage ne tardera pas, ni pour vous, ni pour moi...

— Je l'espère, dit Simone soucieuse. Laisse-moi, Justine, j'ai besoin de réfléchir.

Elle alla s'asseoir sur un banc de pierre et, pensive, relut la lettre de Jean.

— Je ne dois pas être surprise, quoi qu'il arrive. Qu'est-ce que cela veut dire ? Je ne sais pourquoi, mais j'ai peur. Il me semble que Jean va courir un grand danger !

CHAPITRE XII

LA MALADIE DE SERTIL

Sous les portraits de Dupon-Martin et de Génévrier, de Hoffer et de Sertil, on pouvait lire, deux jours après, dans les journaux sportifs, le communiqué suivant :

« C'est aujourd'hui que doit avoir « lieu le match conclu entre les deux « célèbres constructeurs Dupon-Mar- « tin et Génévrier. Les aviateurs dé- « signés pour piloter les appareils en- « gagés sont : Hoffer pour le *B-VII* « de Dupon-Martin et Sertil pour la « firme Génévrier. Ces deux pilotes « sont trop connus pour que nous « nous étendions sur leurs mérites « respectifs. Ce qui est certain, c'est « que la victoire sera chaudement « disputée.

« Le départ aura lieu sur le terrain « d'aviation attenant aux usines Gé- « névrier. Seront seuls admis dans « l'aérodrome les officiels et les invi- « tés porteurs d'une carte spéciale. »

Ce communiqué avait fort ému le monde des pilotes et des constructeurs, tous vivement intéressés à connaître l'issue de la lutte. Aussi de très bonne heure y avait-il à l'aérodrome une foule aussi élégante que choisie, pour employer le cliché classique.

On se montrait Dupon-Martin exubérant, couvant d'un œil plein de tendresse son *B-VII* posé sur le sol comme un gigantesque oiseau, non loin de l'appareil de Génévrier qui, plus petit, trapu, donnait l'impression d'un bull-dog à côté d'un lévrier.

Hoffer, nerveux, tournait autour de l'avion de Génévrier, qui, complaisamment, lui détaillait les modifications apportées, ce qui faisait froncer les sourcils au pilote qui, bon connaisseur, se rendait compte des avantages ainsi obtenus par l'aviateur rival.

Comme à regret, il cessa d'examiner l'appareil pour rejoindre Dupon-Martin après avoir regardé l'heure à sa montre.

On eût pu l'entendre murmurer :

— Bon... Très bon ça... Sertil sera monté dans l'auto de Sydney... Il y a des chances pour que...

Il se mordit les lèvres.

Simone était devant lui, ayant à sa ceinture trois magnifiques roses d'un rouge sang.

Hoffer la salua :

— Vous avez de bien jolies roses, mademoiselle Simone. Est-il permis au vainqueur d'espérer qu'il en recevra une de votre main ?

Simone le toisa.

— Monsieur Hoffer, mes roses sont en effet pour le vainqueur, à moins que ce ne soit vous.

Sur cette impertinente réplique, elle tourna le dos à Hoffer, entraînant la dame qui était avec elle et qui tout bas la grondait.

Hoffer eut dans les yeux une lueur mauvaise, vite éteinte.

— Bon, bon... cela se paiera plus tard, quand vous serez Mme Hoffer, murmura-t-il en haussant les épaules.

La voix sonore de Dupon-Martin lui fit hâter le pas.

— Eh bien ! mon cher, il va être l'heure. Avez-vous vu si rien ne clochait ?

— Tout va à merveille, monsieur Dupon-Martin. Nous sommes prêts, je n'attends plus que Sertil.

— En effet, dit Génévrier qui s'était approché avec un groupe d'amis, Sertil va être en retard... Je suis surpris, lui qui est l'exactitude même.

— Il aura peut-être eu une panne d'auto, dit Hoffer...

— J'aurais dû l'envoyer chercher avec ma voiture, dit Génévrier. Je suis stupide de n'y avoir pas pensé.

— Si on téléphonait chez lui, proposa Dupon-Martin.

— Il n'a pas le téléphone.

Un ouvrier arrivait en courant.

— Monsieur Génévrier, vite au téléphone. M. Sertil vous demande.

— Allons bon, gronda Génévrier, qu'est-ce qu'il y a de cassé ? Vous permettez ?

Il partit avec l'ouvrier qu'il interrogeait.

— Une panne ! parbleu, dit Hoffer, tranquillement.

— Ou... un accident, suggéra Dupon-Martin, qui n'osait regarder Hoffer. Ce serait fâcheux, très fâcheux, d'autant plus que Génévrier n'a pas de pilote qui vaille Sertil et que, si Hoffer gagnait contre un autre, il semblerait que la victoire n'a pas été disputée sérieusement.

— Mais, fit observer un invité, je croyais que le mérite du pilote, en ce match, était secondaire et qu'il s'agissait de prouver la supériorité de l'appareil.

— Sans doute, dit vivement Hoffer, mais encore faut-il connaître l'avion. Or, l'appareil de M. Génévrier a subi, au dernier moment, des transformations connues de Sertil seul. Son remplaçant courrait un danger réel en pilotant un avion qu'il connaîtrait imparfaitement. Par conséquent, j'aurais sur cet autre trop d'avantages.

— A vaincre sans péril on triomphe sans gloire, déclara un reporter ; mais que fiche donc Génévrier ?

Hélas ! Génévrier était au désespoir.

Sertil venait de lui téléphoner qu'en proie à une fièvre épouvantable, claquant des dents, il regagnait en hâte son lit qu'il n'aurait pas dû quitter. Il demandait la remise du match à une date ultérieure.

— Hélas ! je suis perdu, gémissait Génévrier devant le récepteur... on croira que j'ai eu peur... que c'est moi qui vous ai engagé à simuler une maladie... Voyons, Sertil, je vous en supplie, faites un effort. La fièvre se combat avec la quinine. Il vous est arrivé de voler étant fiévreux. On vous excusera auprès des invités. Et, si par hasard vous étiez vaincu... eh bien ! mais on mettrait ça sur le compte de votre indisposition. On ferait match nul et vous le recommenceriez dans de parfaites conditions. Venez, vous volerez seulement quelques minutes... Mais il faut que vous veniez... Il le faut... Deux minutes de vol seulement... Je n'en demande pas plus... Je vous donnerai ce que vous voudrez...

Il y eut quelques secondes d'interruption dans la conversation.

Il sembla à Génévrier entendre un murmure de voix, puis Sertil répondit :

— Je suis à bout de forces, impossible... Je vais me coucher...

Puis la communication fut coupée et c'est en vain que Génévrier, hors de lui, essaya de reparler à Sertil.

Qu'eût-il dit s'il avait vu à ce moment-là Sertil, installé dans le bureau de Jean Dubreuil et sablant le champagne en compagnie de Jean et de Prosper.

— Ce pauvre Génévrier, dit Sertil en souriant, il va en faire une maladie.

— Plus grave que la vôtre, ajouta Prosper ?

— Ça s'arrangera, reprit Jean... Mais ce n'est pas tout. Il faut maintenant, mon ami Sertil, jouer votre rôle jusqu'au bout et aller vous coucher.

— Je n'en ai guère envie. Je ne me suis jamais mieux porté et, ce champagne aidant, je me sens tout disposé à faire le petit fou...

— Remettez ça à plus tard... Si, par hasard, Génévrier avait la fâcheuse idée de venir prendre de vos nouvelles.

— C'est peu probable... Mais vous avez raison... C'est plus prudent. Au revoir, monsieur Jean... Vous êtes content de moi, j'espère ?

— Enchanté, je n'oublierai jamais...

— Ça me coûte vingt mille balles... parce que, vous savez, j'étais sûr de gagner. Mais qu'est-ce que je ne ferais pas pour vous ? La seule chose qui m'ennuie, c'est le Hoffer... Il pourrait croire que j'ai flanché...

— Ne vous occupez pas de Hoffer... J'ai un compte à régler avec lui... Il ne perdra rien pour attendre.

— Si vous pouviez dire vrai ! Allons, au revoir... Et puisque je suis malade... vite au dodo...

— Voulez-vous que je vous fasse reconduire par Prosper ?

— Inutile, j'ai un taxi en bas. C'est même un drôle de chauffeur... Il a l'air de me connaître... Je l'ai arrêté devant chez moi. Il m'a dit tout de suite en souriant : « Je sais où il faut vous conduire, monsieur Sertil. On va y aller en vitesse, » et quand je lui ai donné votre adresse, il a paru tout à fait ahuri... Drôle de chauffeur... Ça avait l'air de l'embêter que je n'aille pas à l'aérodrome...

— Il avait peut-être parié pour vous, dit Prosper.

— Alors, il est sûr de perdre, puisque je ne vole pas.

« Mais je bavarde... je bavarde... Pour un malade, ça n'est pas raisonnable...

— C'est tout ce qu'il y a d'imprudent, dit Jean. Rentrez vite.

Sertil enfin se décida à prendre congé.

Jean le reconduisit jusqu'à la porte et l'ayant vu remonter dans son taxi, revint auprès de Prosper.

— Maintenant, dit-il, je crois que nous pouvons nous donner le luxe d'aller à l'aérodrome voir ce qui se passe.

Prosper se mit à rire.

— Enfoncé, le Hoffer. La victoire est à nous ! Dans deux mois, on se marie tous... Vive la République !...

CHAPITRE XIII

L'AVIATEUR MASQUÉ

Tandis que Dupon-Martin et les invités s'inquiétaient de l'absence prolongée de Génévrier et de l'inexplicable retard de Sertil, Génévrier, en proie à une sourde colère, arpentait son bureau.

Remettre le match, puisque Sertil était malade... était évidemment la seule solution raisonnable.

Mais il en coûtait beaucoup à Génévrier de demander cette remise à son concurrent, qui pouvait fort bien refuser.

A quelles suppositions n'allait pas donner lieu la maladie de Sertil ?

On croirait que le constructeur et le pilote étaient de connivence, qu'au dernier moment Génévrier avait redouté le combat, n'étant pas sûr de son appareil.

Et puis il y avait les journalistes, la presse sportive, les invités, tous ceux qui s'intéressaient aux choses de l'aviation et qui allaient partir furieux si le départ des avions n'avait pas lieu.

Dupon-Martin, alors, triompherait bruyamment, prodiguerait les railleries et les sarcasmes !...

La situation était inouïe, inconcevable, exaspérante.

Un domestique se présenta.

— Que veux-tu ? dit rudement Génévrier... Qu'on me fiche la paix... Je suis occupé...

— Mais, monsieur, c'est un monsieur qui est masqué...

— Qu'est-ce que vous me racontez là ? Masqué... Pourquoi ?... que me veut ce fantaisiste ?...

— Je ne sais pas, monsieur... Il dit qu'il est pilote et qu'il faut qu'il vous parle tout de suite.

— Un pilote masqué, fit Génévrier au comble de l'étonnement.. Qu'est-ce que cela signifie ?... Faites entrer...

Le domestique disparut, et revint bientôt précédant un homme de taille moyenne revêtu d'une veste de fourrure, d'une sorte de casque en laine et dont le visage était recouvert par un masque de velours, troué à la hauteur des yeux.

Devant ces deux trous, il y avait les verres épais d'une grosse paire de lunettes cousue au masque.

— Monsieur, dit l'étrange visiteur, sans autre préambule, je viens d'apprendre que votre pilote Sertil, malade, ne peut piloter votre avion. Voulez-vous de moi pour le remplacer ? Ne craignez rien. Je connais mon affaire. Je réponds de votre succès.

Le visage de Génévrier s'éclaira d'un sourire.

Mais presque aussitôt ce sourire s'éteignit.

— Comment savez-vous ça ? demanda-t-il soupçonneux...

— Qu'importe. Oui ou non, voulez-vous de moi ?

— Mais... je ne vous connais pas...

— Vous me connaîtrez après la victoire. Jusque-là j'exige que vous ne cherchiez pas à savoir qui je suis... je désire que mon incognito soit respecté.

Génévrier regarda l'homme, réfléchit un instant, puis prenant son parti de l'aventure, il s'écria gaiement :

— Après tout, cela ne peut que donner plus d'attrait au match ! le mystère qui ressemble à un épisode de roman va passionner tous les spectateurs... J'accepte vos conditions, monsieur... Personne ne cherchera à savoir qui vous êtes... Mais si vous êtes victorieux, ne puis-je savoir quel prix ?...

— Je ne veux pas d'argent...

— Oh ! Oh !

— Ne cherchez pas à savoir le motif qui me fait agir et profitez de ma bonne volonté à vous servir, à vous tirer d'un mauvais pas...

— Soit... allons rejoindre les invités... C'est entendu... A moins que M. Dupon-Martin ne refuse, ou Hoffer.

— Cela m'étonnerait...

— Suivez-moi, je vous prie.

Ce disant, Génévrier entraîna celui qu'il considérait comme son sauveur, tout réjoui de voir les choses s'arranger si bien et se sentant plein de confiance en ce mystérieux inconnu qui lui tombait du ciel.

L'étonnement fut à son comble parmi les invités et les journalistes, lorsqu'on vit apparaître Génévrier en compagnie de ce bizarre pilote.

Dupon-Martin en oublia de faire des reproches à son rival.

— Messieurs, dit Génévrier, mon

pilote Sertil est gravement malade. Mais voici Monsieur, que je ne connais pas, qui s'offre à remplacer Sertil.

« Il ne met à cela qu'une seule condition, c'est que personne ne cherche à percer son incognito...

« S'il est vainqueur, il se fera connaître...

« S'il perd le match... il disparaîtra aussi mystérieusement qu'il est venu.

« Acceptez-vous mon pilote masqué, Dupon-Martin ?

— Mais... mais, je ne sais pas, dit Dupon-Martin, abasourdi... c'est contraire à toutes les règles de notre match.

Autour de lui, des protestations s'élevaient.

Tout le monde, intrigué, voulait voir ce duel passionnant entre Hoffer, pilote célèbre, et cet aviateur masqué que nul ne connaissait.

On citait des noms déjà...

Des paris s'engageaient...

Les dames, curieuses, entouraient l'aviateur masqué, qui restait impassible, l'interrogeaient...

Mais lui ne répondait à personne.

Les bras croisés, il attendait, immobile.

Dupon-Martin, troublé par les protestations des uns, les supplications des autres, s'adressa à Hoffer :

— Hoffer, acceptez-vous Monsieur comme concurrent ? Vous avez le droit de refuser.

Hoffer eut un sourire méprisant.

— Sertil a eu peur de remporter une veste... Nous allons fournir à Monsieur un complet bien conditionné...

« Partons... et vivement... »

Il y eut de vives approbations et quelques murmures de gens choqués de l'attitude impertinente de Hoffer...

Visiblement, toutes les sympathies allaient à l'aviateur masqué.

— Eh bien ! déclara Dupon-Martin... puisque mon pilote accepte... moi, je veux bien... C'est entendu, Génévrier.

On applaudit à cette décision, et quelques personnes vinrent se joindre au groupe de jolies curieuses qui, indiscrètement, se pressaient autour de l'aviateur masqué.

Parmi ceux qui voulaient voir de près le rival d'Hoffer se trouvait Simone...

L'aviateur la salua silencieusement.

Simone tressaillit.

A travers le verre épais des lunettes, elle avait vu les yeux de l'inconnu étinceler en la regardant.

Son cœur battait.

Elle pensa :

— C'est lui ! C'est Jean...

Elle alla vers lui, détacha le bouquet de roses qui était à sa ceinture, le tendit à l'aviateur...

— Monsieur l'inconnu, dit-elle en souriant, puissent ces fleurs vous porter bonheur...

Il prit les roses, les porta à ses lèvres.

— Venez, dit Génévrier, insensible à cette scène, venez, que je vous montre l'appareil.

L'aviateur jeta un suprême regard

à Simone, puis suivit docilement Génévrier.

Mais deux personnes qui avaient vu le geste de Simone avaient été moins insensibles que Génévrier.

Dupon-Martin d'abord, qui grommela :

— Ma fille est folle... Offrir des fleurs au pilote de mon rival... C'est stupide, n'est-ce pas, Hoffer ?

Hoffer, le visage pâli par la rage, gronda :

— C'est tout naturel ! L'aviateur masqué est Jean Dubreuil !

Dupon-Martin, saisi, eut un haut-le-corps.

— Bigre ! fit-il, mais alors ?...

Hoffer haussa les épaules.

— J'ai pris mes précautions, dit-il à mi-voix à Dupon-Martin...

« J'avais prévu le cas où Sertil n'aurait pas été victime d'un accident... Ne craignez rien... Je suis sûr de la victoire !...

« Occupez-vous de faire comprendre à Mlle Simone que notre mariage doit avoir lieu le plus tôt possible. »

Ce bref colloque n'avait pas d'auditeurs, car la foule s'était portée du côté de Génévrier, et Dupon-Martin et Hoffer, isolés, abandonnés, s'étaient rendus vers l'avion sans être importunés.

Hoffer inspecta une dernière fois l'appareil, s'assura qu'à ses pieds se trouvait un large paquet recouvert d'étoffe, et prit place...

L'aviateur masqué était déjà installé...

— Place !... Place !... Reculez-vous ! ordonna Dupon-Martin.

« L'officiel !... Monsieur ! voyons... Le signal... Plus loin, mesdames et messieurs, plus loin ! »

En désordre, précipitamment, on dégageait les avions, on se reculait, laissant le champ libre...

Le signal fut donné.

Les deux oiseaux roulèrent un instant sur le sol, puis, le premier, l'appareil de Génévrier quitta la terre...

Hoffer, à son tour, s'envola.

Des cris joyeux saluèrent le départ.

Des mains s'agitèrent.

Les avions s'éloignaient de l'aérodrome, montaient.

On les suivit du regard pendant un moment jusqu'à ce qu'ils devinssent deux petits points noirs dans l'espace.

On les vit qui semblaient voler de concert, non loin l'un de l'autre, puis plus rien...

La voix de Dupon-Martin tonna :

— Mesdames et messieurs, rendez-vous sous la grande tente que vous voyez là-bas... Le champagne est préparé... Nous allons toaster en l'honneur du meilleur appareil...

On se rendit à cette aimable invitation...

Devisant joyeusement, les groupes nombreux allèrent sabler le champagne.

Génévrier rejoignit son rival en train d'expliquer à Simone et à plusieurs dames qu'il avait parfaitement reconnu l'aviateur masqué et que c'était Jean Dubreuil...

— Pas possible ? s'exclama joyeuse-

Le docteur, suivi des deux détectives, pénétra dans la maisonnette du bûcheron.

Le bûcheron et sa fille étaient parvenus à dégager le malheureux pilote inanimé.

L'avion désemparé s'était écrasé sur le sol sous les yeux du père Damien.

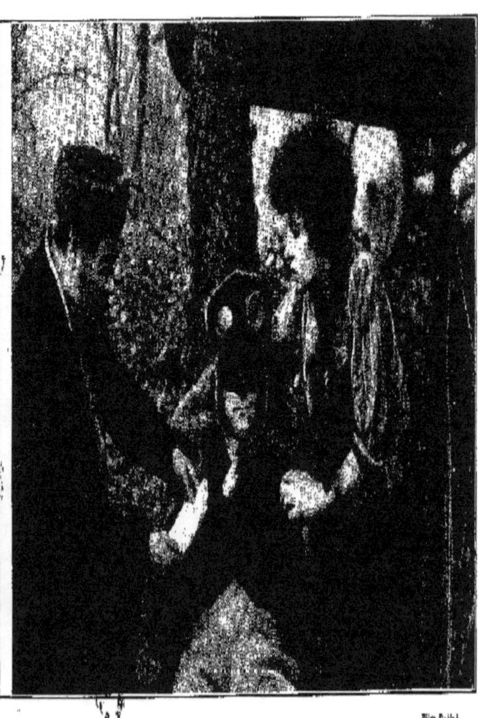

Film Pathé.

En déshabillant le blessé, ils trouvèrent une enveloppe, épinglée sur sa chemise.

ment Génévrier... vous êtes certain ?

— Parbleu ! fit Dupon-Martin maussade... c'est lui... Il se venge parce que je lui ai refusé la main de ma fille...

— Mais je croyais qu'il avait promis de ne plus voler...

— Il avait promis, oui, à sa mère... il ne tient pas sa promesse... ce n'est pas un homme de parole...

— Oh ! papa ! protesta Simone...

Génévrier se mit à rire.

— Mon cher Dupon-Martin, il n'y a pas de promesse qui tienne quand l'amour est en jeu... Aussi pourquoi avez-vous refusé à ce beau garçon...

— Parce que, monsieur Génévrier, interrompit Dupon-Martin furieux, parce que je suis un honnête homme, moi, et que je tiens ma parole... J'ai promis ma fille à Hoffer s'il était vainqueur...

— Et M. Dubreuil ne veut pas qu'Hoffer soit le vainqueur ! riposta Génévrier... comme je le comprends ! Et comme son manque de parole est excusable !... Vous savez, mon cher, que votre victoire me semble à présent bien incertaine...

« Jean Dubreuil battra Hoffer !... le battra par amour pour Mlle Simone...

— Pardon, Hoffer aime aussi ma fille et je vous prie de croire qu'il luttera avec ardeur... Il sera vainqueur...

Génévrier se tourna vers Simone.

— Le croyez-vous, mademoiselle Simone ?

— J'espère que non, dit Simone.

— Et moi aussi, dit Génévrier.

— C'est bon. C'est bon, fit Dupon-Martin maussade, ne vous hâtez pas de vous réjouir... Votre pilote connaît imparfaitement votre avion et de plus il y a longtemps qu'il n'a pas volé... il est dans un état d'infériorité manifeste... Il lui arriverait un accident que...

On se récria.

— Je ne le souhaite pas, dit Dupon-Martin vivement. Je constate que cela peut arriver... la preuve que ma crainte n'est pas déraisonnable, c'est que Génévrier ne dit plus mot...

Génévrier songeait, en effet, à la hardiesse de l'aviateur masqué, qui avait à peine écouté ses recommandations et était parti, paraissant préoccupé de tout autre chose que d'assurer la victoire de l'appareil qu'il pilotait.

— Evidemment, se disait-il, il avait l'esprit plein de sa belle !... que le diable emporte les amoureux !... ça ne songe égoïstement qu'à leur amour...

Mais il se remit promptement.

— Après tout, cet amour, c'est justement ce qui l'exaltera... quand il va se voir seul dans l'espace avec son rival. Jean Dubreuil n'aura plus qu'une seule pensée, l'empêcher d'épouser Simone, le battre, et, tout bien pesé... j'ai encore les meilleurs atouts dans mon jeu...

Il suivit Dupon-Martin sous la tente, mais son visage avait repris sa froideur habituelle et nul ne pouvait dire s'il espérait ou s'il craignait.

— Combien de temps, demanda un invité, doit durer la course ?

— Trois heures, répondit Génévrier, qui entendit la question.

« C'est plus que suffisant pour se rendre compte... A la rigueur, une heure aurait pu suffire...

— Je ne suis pas de votre avis, Génévrier, dit Dupon-Martin... on peut soutenir une vitesse pendant une heure, c'est entendu... mais ce qu'il importe de savoir, c'est si cette vitesse peut être maintenue...

— Mais c'est évident, voyons...

Une discussion s'engagea à laquelle prirent part les partisans de Dupon-Martin et de son adversaire..

La plupart des dames abandonnèrent les discuteurs et sortirent de la tente.

Il y avait déjà plus de deux heures que les avions étaient partis et les dames allèrent guetter le retour, passionnées toutes pour ce match, depuis qu'elles savaient que les deux pilotes étaient rivaux d'amour.

Simone, non moins intéressée, était sortie la première avec deux amies et son regard fouillait anxieusement l'horizon depuis longtemps...

Elle écoutait distraitement ses compagnes, leur répondant à peine, tout à sa pensée...

— C'est donc ça, se disait-elle, ce qu'il voulait me faire comprendre dans sa lettre quand il me disait de ne m'étonner de rien...

« Pourquoi ne m'a-t-il pas fait part de son projet ?

« C'est sans doute à cause de sa mère... il a voulu qu'elle ignorât ce qu'il allait tenter pour m'arracher à cet Hoffer détesté.

« Pourvu qu'il soit vainqueur !..

« Pourvu qu'il n'arrive pas d'accident !...

« Il me tarde de savoir...

Les lèvres frémissantes, la tête levée, elle interrogeait le ciel...

CHAPITRE XIV

DANS L'ESPACE

Les deux avions rivaux avaient déjà parcouru plusieurs centaines de kilomètres...

Ils volaient à plus de mille mètres d'altitude, à une assez faible distance l'un de l'autre, sur la même ligne, semblaient avoir une égale puissance, et il eût été difficile de prévoir lequel des deux serait le vainqueur...

Hoffer, les dents serrées, murmurait :

— Attends un peu que je me rapproche de toi, Jean Dubreuil, et tu auras une belle surprise...

« Ah ! c'est toi qui veux m'empêcher de toucher les quarante mille francs et d'épouser Simone...

« C'est toi qui, en intervenant, viens faire échouer ma petite combinaison concernant Sertil, qui devait s'écraser dans son auto.

« Imbécile, tu vas voir ce qu'il en coûte de s'attaquer à Hoffer...

Il s'interrompit, lâcha un juron formidable... il lui semblait que son rival prenait un peu d'avance..

— Sacré tonnerre ! Est-ce que Génévrier aurait dit vrai ? Est-ce que les modifications apportées à sa machine vont lui donner l'avantage ?... Est-ce que Dubreuil m'échapperait ?...

Il se pencha en rugissant, regarda son enregistreur.

— C'est plus de trois cents à l'heure... Qu'est-ce qu'ils ont bien pu imaginer pour que leur « truc » marche si bien ?

Il respira...

Il regagnait un peu de l'espace perdu...

L'aviateur masqué, de son côté, surveillait l'avion d'Hoffer et riait sous son masque...

— Ce brave Hoffer, murmura-t-il, ne se doute pas que je n'ai pas donné mon maximum de vitesse... je le garde pour le retour... Il faut bien lui laisser un peu d'espérance...

« Il est parfait, ce modèle nouveau de Génévrier...

« Le pauvre homme était un peu inquiet parce que je n'avais pas l'air d'écouter très attentivement ses observations...

« Il se trompait... Je n'ai pas perdu un mot de ce qu'il m'a dit et je connais à présent sa machine comme si je l'avais pilotée pendant plusieurs mois...

« Je suis certain de lui faire remporter le prix...

« Tiens, que fait donc Hoffer... il a la folie des grandeurs... qu'est-ce qu'il espère ?...

Hoffer, en effet, venait de s'élever, comme s'il voulait dominer son rival et passer au-dessus de lui lorsqu'il aurait atteint une vitesse supérieure...

Cette manœuvre inquiéta l'aviateur masqué qui n'en voyait pas bien le motif et, machinalement, il ralentit un peu pour mieux surveiller son rival...

— Voilà qu'il oblique à présent... me serais-je trompé de direction ?...

« Ah ! mais, il m'embête... Il va être au-dessus de moi, tant pis pour lui... je vais lui ôter tout espoir en prenant tout de suite l'avance que je veux prendre...

Hoffer était pour le moment au-dessus de l'aviateur masqué qui entendit ronfler son moteur...

Un sifflement caractéristique retentit à ses oreilles...

L'aviateur masqué pâlit... un autre sifflement...

— Oh ! le gredin... il a une carabine à répétition... il veut me démolir...

Un déchirement dans l'aile...

L'aviateur poussa un cri de colère, lâcha la commande.

Une balle venait de le frapper à l'épaule...

Son appareil s'inclina brusquement.

Une autre balle siffla.

D'un bond, Hoffer remonta vers le ciel, ralentit.

A quoi bon lutter de vitesse, à présent ?

L'avion détesté tombait en vrille.

L'aviateur masqué était à la merci du hasard.

Tournoyant au-dessus de sa victime, Hoffer vit l'avion, dont la chute s'accélérait, tomber comme une masse, et déchirer ses ailes dans les branches de peupliers gigantesques... avant de s'écraser sur le sol.

Au même instant, il entendit une détonation sourde... un jet de flamme.. de la fumée...

C'en était fait de l'avion de Génévrier.

C'en était fait de son pilote.

Avec un cri de triomphe, Hoffer reprit de la hauteur et regagna l'aérodrome où tout le monde attendait avec impatience le triomphateur.

Tandis qu'il s'éloignait avec une rapidité que justifiait son désir d'aller recevoir les félicitations des spectateurs du match, un homme qui passait sur la route, non loin du bois où était tombé l'avion, s'arrêta à considérer les flammes qui montaient vers le ciel.

Personne autour de lui.

Il posa sa bicyclette contre un arbre, s'enfonça dans le bois, se dirigea vers le lieu du sinistre.

Il avait à peine fait une centaine de mètres qu'il vit gisant au milieu des ronces un corps ensanglanté.

Il accéléra le pas...

L'aviateur masqué était immobile.

L'homme eut un petit rire mauvais.

— Je pensais bien qu'il y aurait quelque chose à récolter, murmura-t-il.

Il se pencha sur le corps de l'aviateur.

— Foutu, dit-il simplement...

Vivement, il déboutonna la veste de cuir.

Sa main nerveusement fouilla.

— Chouette ! un portefeuille plein de fafiots... j'ai pas perdu ma journée... Au revoir, vieux... T'en fais pas...

Cynique, l'ignoble personnage ayant volé le moribond se retira...

Quelques minutes après, il enfourchait sa bécane et fuyait à toute allure.

CHAPITRE XV

SIMONE SE DÉSESPÈRE ET SE RÉJOUIT

Une rumeur confuse, puis des cris, des exclamations, des discussions...

Un point noir avait été vu là-haut.. très haut, très loin.

C'était l'avion vainqueur, cela ne faisait de doute pour personne.

— Qui est-ce ?

— C'est Hoffer...

— Je parie pour l'aviateur masqué.

— Vingt-cinq louis...

— Cinquante.

— Cent.

— C'est la marque Dupon-Martin qui triomphe.

— Jamais de la vie.

— Mais où est l'autre concurrent ?

— En arrière, parbleu...

— On devrait le voir.

— Il est impossible qu'il ait été ainsi distancé.

— Vous avez raison... Les appareils sont d'égale valeur.

— Il faudrait admettre un accident.

— Oh ! vous croyez ?

— Mais à qui... à qui ?

— Un accident, s'écria Simone qui était près de son père. Oh ! papa, est-ce possible ?

— Tout est possible, murmura Dupon-Martin inquiet... Pourvu que ce ne soit pas Hoffer.

— Oh ! protesta Simone indignée...

— Dame, dit naïvement Dupon-Martin, il défend mes intérêts.

— Je ne reconnais pas l'appareil ! dit Génévrier qui fixait ardemment ses yeux sur le point noir grossissant de plus en plus.

— C'est peut-être un autre avion que celui des concurrents, hasarda quelqu'un.

Il y eut un silence.

Tous les regards s'étaient fixés vers l'oiseau dont on distinguait à présent les ailes.

Génévrier entre ses dents laissa échapper :

— Mon appareil n'a pas d'aussi grandes ailes.

Dupon-Martin, dont le visage s'éclairait, cria :

— C'est le *B-VII*... C'est Hoffer... j'en suis sûr...

— Oh ! mon Dieu, gémit Simone.

Elle se tourna implorante vers Génévrier.

— Monsieur Génévrier, croyez-vous ?

— Eh ! mademoiselle, riposta brutalement l'autre, c'était à prévoir... Cet animal de Dubreuil ne pensait qu'à vous, il n'a pas écouté un mot de ce que je lui disais... Que le diable emporte les amoureux !...

Des applaudissements éclatèrent...

Plus de doute... C'était Hoffer...

Tout le monde maintenant reconnaissait l'appareil de Dupon-Martin.

Il tournoya gracieusement avant de se poser.

Simone, éperdue, le vit descendre et atterrir.

Dupon-Martin, fou de joie, suivi de ses amis, courait.

Simone le vit ouvrir ses bras à Hoffer qui quittait son siège, félicité par tout le monde.

Mais, chose surprenante, brusquement les cris cessèrent.

On se tournait vers elle...

Troublée, elle s'avança à son tour.

Dupon-Martin, tenant Hoffer par le bras, fendait la foule, venant vers sa fille.

Hoffer s'arrêta, ôta ses lunettes, se découvrit respectueusement, et, d'une voix étranglée par l'émotion :

— Mademoiselle, balbutia-t-il, c'est une triste victoire que la mienne... j'aurais donné beaucoup pour l'avoir perdue.

— Pourquoi ? Pourquoi ? interrogea Simone blêmissante.

— Mon concurrent...

— Jean... eh bien ?...

— L'avion a pris feu... il est tombé...

Simone jeta un grand cri, battit l'air de ses bras, tomba à la renverse.

Elle était évanouie.

On l'emporta aussitôt sous la tente.

Dupon-Martin, contrarié, après avoir hésité un instant, alla s'occuper de sa fille, tandis que Génévrier d'une voix sèche interrogeait Hoffer :

— Où a eu lieu l'accident ? Quand ? Comment ?

— Vous dire le pays, monsieur Génévrier, je n'en sais rien... j'étais si troublé... c'était à trois cents kilomètres d'ici environ... peut-être davantage... je ne sais plus... c'est si horrible... ce que j'ai vu... Nous allions un train d'enfer et je me demandais si oui ou non j'allais gagner... Enfin je prends de l'avance... je dépasse mon rival... — M. Dubreuil, puisque, paraît-il, c'était lui — lorsque soudain j'entends un bruit étrange... je me retourne et je vois son avion, le vôtre, qui tombe comme une pierre... Effaré, je change ma direction, mais l'avion, avec une rapidité vertigineuse, tombait au-dessous de moi... je le vois s'accrocher à des branches d'arbres, faire explosion... prendre feu... Ah ! ça n'a pas été long...

Au moment où Génévrier allait répondre, une trompe d'auto déchira l'air.

Une automobile arrivait en trombe sur le terrain d'atterrissage, et stoppait brusquement.

Un homme descendit souriant...

— Jean Dubreuil !

C'était Jean Dubreuil, en effet, retardé par une panne et qui, en compagnie du fidèle Prosper, venait aux nouvelles...

Ce fut une stupeur générale.

Hoffer... médusé, les yeux écarquillés, bégaya :

— Jean Dubreuil !... mais alors, l'autre.. l'autre...

Génévrier, exaspéré, hurla :

— L'autre, c'est un farceur... un mauvais pilote... un type qui s'est payé ma tête avec son masque... il a voulu nous intriguer, nous épater...

— Que se passe-t-il donc, messieurs ? dit aimablement Jean Dubreuil, et pourquoi tant d'étonnement à ma vue ?...

— Il se passe, dit Génévrier, qu'on supposait que c'était vous qui étiez dans mon appareil et qu'on vous croyait mort.

— Plaît-il ?

— Oui. Un individu masqué était venu s'offrir pour remplacer mon pilote Sertil qui était malade et tout le monde en avait conclu que c'était vous.

« Je regrette bien que ce n'ait pas été vous.

« Vous seriez victorieux et vivant...

— Comment, ce pilote masqué ?

— ... Est dégringolé et l'avion, ayant pris feu, a été brûlé...

Jean Dubreuil, effaré, livide, jeta autour de lui des yeux hagards...

— Brûlé... lui... murmura-t-il... mais ce serait horrible.

Prosper Mézan, qui avait quitté l'auto pour mieux entendre, hurla :

— Bon sang de bon sang ! ça ne serait pas à faire, une chose pareille... où c'est qu'il est tombé ? qui c'est qui l'a vu brûler ?

— Je ne sais pas s'il est brûlé, dit

Hoffer. J'ai vu l'avion en flammes accroché aux arbres... il a dû s'écraser sur le sol... une chute de quinze cents mètres... Vous pensez !

— Et vous ne lui avez pas porté secours, s'écria violemment Jean Dubreuil... Vous avez ainsi lâchement abandonné votre rival ?

— Monsieur Dubreuil, s'écria Hoffer, rouge de fureur, prenez garde.

On s'était jeté entre les deux hommes.

Prosper, hors de lui, criait :

— Cassez-lui la figure, monsieur Jean, c'est un bandit...

— Quoi ? quoi ? tonitrua la voix de Dupon-Martin... que se passe-t-il ?... Pourquoi ces cris ?... Oh ! par exemple... Dubreuil ! vous...

Puis, naïvement, il laissa échapper :

— Vous n'êtes donc pas mort ?

« Mais alors, vous n'étiez pas l'aviateur masqué ?... Et ma fille qui s'est trouvée mal...

— Mlle Simone... Où est-elle ?

— Là-bas... sous la tente. Elle reprend connaissance.

Prosper prit Jean par le bras, l'entraîna :

— Allons rassurer Mademoiselle, monsieur Jean... vite...

« Puis on s'occupera de... de l'autre...

Jean, hébété, ahuri, suivit machinalement Prosper.

Il était en proie à un trouble excessif, ne se rendant plus compte de ses actes.

Prosper, bousculant tout le monde, à peine sous la tente, cria :

— Mam'zelle... Mam'zelle... c'est nous !

En entendant la voix de Prosper, Simone, qui venait de reprendre ses sens, se leva toute droite, raide, les yeux dilatés.

Elle vit Jean Dubreuil.

— Jean... Jean... vivant !...

Elle courut à lui, se jeta à son cou, éclata en sanglots.

Discrètement les assistants se retirèrent.

— Simone ! ma chère Simone ! dit Jean en la serrant dans ses bras ; calmez-vous... Oui, je suis vivant, mais c'est...

— C'est l'autre qu'il faut retrouver, dit résolument Prosper.

« Excusez-nous, mademoiselle, si on ne reste pas plus longtemps, mais, voyez-vous, M. Jean a promis.

— Oui. Oui, balbutia Jean Dubreuil... je dois m'occuper tout de suite de ce brave garçon... de cet aviateur masqué qui, pour me rendre service et sachant que je ne pouvais pas voler, a voulu empêcher Hoffer de remporter la victoire.

— Est-il donc mort ? demanda Simone.

— Hoffer le prétend, répondit Jean.

— Qu'est-ce qu'il en sait ? riposta Prosper... Il a fichu le camp dès qu'il a vu l'avion tomber, au lieu d'aller au secours de son concurrent... Ah ! c'est un beau propre à rien qui n'est qu'un pas grand'chose.

— Alors, vous comprenez, ma chère Simone, s'excusa Jean d'un air embarrassé, mon devoir...

— Certes, dit Simone... il faut aller au secours de votre ami... tout de suite... Je ne vous retiens plus... allez, Jean... allez... mon bonheur ne sera pas complet si je n'apprends pas que ce brave aviateur masqué est sauvé et vivant... vivant comme vous, cher Jean...

— Adieu, Simone, dit Jean brusquement... excusez-moi.

Il déposa un rapide baiser sur le front de Simone, qui ne s'étonna pas de cette apparente froideur, qu'elle attribua au chagrin qu'avait son fiancé.

Jean Dubreuil entraîna Prosper qui salua Simone et lui lança en adieu :

— Bien des choses à Justine, « siouplait », mam'zelle, et dites-y que ça ne gaze pas comme ça devrait... Ah ! non, alors...

Tous deux regagnaient l'auto et, à la grande surprise des spectateurs, Jean et son chauffeur partirent à toute allure sans prendre congé de Dupon-Martin, sans adresser la parole à personne...

Dupon-Martin murmura à l'oreille d'Hoffer :

— Dubreuil est furieux parce que vous êtes vainqueur, en somme, et que Simone lui échappe. Excusons sa mauvaise humeur.

. . . .

Les habitants du village voisin du bois où était tombé l'avion n'avaient pas tardé à remarquer les flammes qui s'élevaient et menaçaient de communiquer le feu aux arbres voisins...

Ils avaient couru en hâte vers le lieu du sinistre.

Quelques arbres en train de flamber avaient été coupés et l'incendie circonscrit.

Mais, chose étrange, dans l'avion calciné, on ne trouva pas les restes du pilote.

On ne retrouva pas davantage son corps dans les environs.

Cela parut inexplicable à tous.

Qu'était donc devenu l'aviateur masqué ? ?

CHAPITRE XVI

UN ARTICLE DE JOURNAL

Mme Dubreuil était depuis quelque temps l'hôtesse de ses amis les de Préfons et passait des jours paisibles auprès de ces braves gens, tout heureux d'avoir rompu, grâce à la présence d'une invitée, la monotonie de leur vie provinciale.

M. de Préfons, qui avait beaucoup connu M. Dubreuil, se plaisait, comme tous les vieillards, à parler du passé et à le mettre en parallèle avec le présent qu'il ne trouvait point à son goût.

C'était un petit vieux distingué, toujours mis avec une extrême recherche, et qui, parce qu'il y avait beaucoup de fleurs dans son jardin, se qualifiait d'horticulteur émérite.

Au demeurant, c'était le meilleur

homme du monde, d'une conversation variée et de compagnie agréable.

Mme de Préfons, plus jeune que lui, d'humeur vive et enjouée, s'était faite, à la longue, à la vie monotone qu'ils menaient dans leur délicieuse villa des Fleurs, mais elle n'était jamais plus heureuse que lorsqu'elle pouvait attirer chez elle des amis.

Mme Dubreuil avait donc été accueillie avec enthousiasme et M. et Mme de Préfons s'ingéniaient à lui rendre la vie aussi agréable que possible dans le secret espoir qu'elle resterait plus longtemps auprès d'eux.

Il y avait cinq jours que Mme Dubreuil était à la villa des Fleurs et les heures s'écoulaient pour elle avec tant de rapidité qu'il lui semblait qu'elle venait à peine d'arriver.

Naturellement, il n'était pas question de son départ.

Mme Dubreuil se trouvait fort bien chez ses amis et eût été parfaitement heureuse si son cher Jean avait été auprès d'elle.

Mais, comme il avait promis de venir la rejoindre et qu'il était homme de parole, elle attendait sa venue sans trop d'impatience.

Un petit nuage avait cependant obscurci son ciel trop limpide... Il y avait quarante-huit heures qu'elle n'avait pas reçu de lettre de son fils, qui lui avait cependant affirmé vouloir lui écrire tous les jours...

Cela la tourmentait un peu.

Et elle n'avait pu s'empêcher de témoigner son étonnement de ce silence à sa chère amie, Mme de Préfons, qui s'était gentiment moquée d'elle.

— Ma chère amie, avait-elle répondu, votre fils vous a fort mal élevée.

« Il vous a trop gâtée... Vous êtes tellement habituée à ses prévenances, à son adoration filiale que le moindre changement apporté à ces habitudes vous bouleverse.

« Que diable ! ma chère amie... Jean est majeur depuis longtemps.

« Laissez-le se conduire en homme qui peut avoir dans la vie d'autres préoccupations plus urgentes que d'écrire toutes les heures à sa maman qu'il est en parfaite santé et qu'il pense à elle sans cesse.

« Et puis, vous oubliez trop que Jean aime...

« Et, quand on aime, on est fort excusable d'oublier un instant auprès de la dame de ses pensées celle qui vous a donné le jour.

« Si Jean a négligé de vous écrire, c'est sans doute que Mlle Simone l'a gardé près d'elle à l'heure du courrier.

« Ne vous désolez pas, maman trop gâtée, vous serez dédommagée de cette attente par une lettre de douze pages.

Mme Dubreuil ne put s'empêcher de sourire.

— C'est vrai, avoua-t-elle. Jean m'a gâtée... Vous avez raison, et j'ai grand tort de m'alarmer pour un retard qui n'est probablement imputable qu'à la poste.

— C'est ça, mettons tout sur le dos du service postal...

« On peut toujours l'accuser, on ne lui fera jamais plus de reproches qu'il n'en mérite... Mais voici mon mari qui nous porte les journaux.

M. de Préfons arrivait, la boutonnière ornée d'un magnifique chrysanthème.

— Mesdames, voici le *Figaro*, le *Matin*, le *Journal*, l'*Echo de Paris* et le *Gaulois*.

« Prenez, mesdames, choisissez, parcourez les nouvelles d'hier...

« Vous permettez que je jette un coup d'œil sur la politique extérieure ?

« Je suis vraiment curieux de savoir quelles nouvelles concessions notre bon ami Lloyd George a encore faites à MM. les Allemands.

— Albert, interrompit doucement Mme de Préfons, si vous nous laissiez lire, nous nous formerions une opinion nous-mêmes...

— Excusez-moi, mais la politique...

— Vous êtes tout excusé, cher ami, dit Mme Dubreuil, qui dépliait le *Figaro*, mais votre femme a raison en interrompant votre cours sur les menées anglaises, qui nous intéressent d'autant moins que la politique de ce pays est aussi variable que les idées de M. Lloyd George... Alors, n'est-ce pas, nous avons le temps de nous alarmer... Voyons ce qui se passe à Paris...

M. de Préfons était déjà plongé dans la lecture de son journal, qu'il dévorait en hochant la tête d'un air grave. Sa femme s'était attaquée à son feuilleton favori.

Un silence régna pendant quelques minutes.

Soudain, Mme Dubreuil poussa un cri étouffé qui fit lever la tête à ses amis.

— Quoi donc ? demanda Mme de Préfons... que lisez-vous donc de si passionnant ?

— Ecoutez, dit Mme Dubreuil, émue, écoutez :

D'une voix tremblante, elle lut :

UN DRAME DE L'AVIATION

« Le match conclu entre les firmes « Genévrier et Dupon-Martin s'est « malheureusement terminé d'une fa- « çon tragique. Au dernier moment, « le pilote Sertil, qui devait monter « l'avion de Genévrier, s'étant trouvé « indisposé, un inconnu s'est présen- « té pour prendre sa place. Détail im- « pressionnant : cet homme était « masqué et avait posé comme condi- « tion qu'on respecterait son incogni- « to, ce qui avait été accepté par les « deux constructeurs rivaux. Le dé- « part avait été donné au milieu « d'une affluence considérable d'a- « mis, d'aviateurs et de journalistes.

« Trois heures après, le *B-VII* de « Dupon-Martin revenait seul et son « pilote Hoffer déclarait qu'il avait « assisté, impuissant, à la chute inex- « plicable de son rival... Des recher- « ches faites aussitôt ont permis de « retrouver l'appareil brisé, incendié « en partie ; mais, troublant mystère, « le corps du malheureux aviateur « masqué avait disparu... Nous tien-

« drons nos lecteurs au courant de « cette énigmatique affaire... Quel est « cet aviateur masqué ? Pourquoi ne « retrouve-t-on pas son corps ? »

— C'est lui !... c'est lui !... s'écria Mme Dubreuil, mon cœur me le dit... Voilà pourquoi il n'écrivait pas !...

— Mais, ma chère amie...

— C'est Jean ! c'est mon fils ! continua Mme Dubreuil, en proie à une émotion intense. On ne m'ôtera pas cela de l'esprit.

« Le malheureux enfant, sachant le chagrin que j'aurais s'il montait en avion, m'a poussée à venir ici. Il s'est déguisé... Il croyait être vainqueur et que j'ignorerais toujours cette folie.

— Mais pourquoi ?... pourquoi... demanda M. de Préfons, Jean aurait-il fait cela ?...

— Pour obtenir la main de celle qu'il aime... Dupon-Martin devait donner la main de sa fille au pilote vainqueur du match...

— Oh ! dans ce cas, fit M. de Préfons, je comprends...

— Il faut que je parte, que j'aille à Paris tout de suite !...

— Vous avez raison, dit Mme de Préfons. Et je vais vous accompagner. Albert, faites préparer l'auto !

Mme Dubreuil se jeta en sanglotant dans les bras de son amie, gagnée par cette émotion trop compréhensible.

Quelques minutes après, les deux amies prenaient place dans l'auto de M. de Préfons qui, à toute allure, se dirigeait vers Paris.

Le trajet parut interminable à Mme Dubreuil, dont l'anxiété augmentait sans cesse.

C'est en vain que Mme de Préfons s'employa à calmer les appréhensions de son amie.

Mme Dubreuil était rebelle à toute consolation.

Enfin, on arriva...

L'auto à peine arrêtée, Mme Dubreuil ouvrit la portière et, le visage convulsé, demanda au domestique, qui se précipitait :

— Mon fils ?... Mon fils ?...

Le domestique, ahuri, répondit :

— M. Jean ?... Mais il est là, madame... Dans son cabinet, avec M. Prosper.

— Il est là ! vivant ! s'écria Mme Dubreuil, rayonnante.

Sans attendre Mme de Préfons, elle entra dans l'hôtel, courut au bureau de Jean, qu'elle trouva conversant avec Prosper.

— Toi ! toi ! cria-t-elle. Ah ! que j'ai eu peur ! que j'ai souffert !...

Elle l'attira à elle, le couvrit de baisers et de caresses.

— Mon Jean !... pardonne-moi. Mais cet article m'avait affolée. Je croyais que c'était toi... Ah ! que je suis heureuse !

Jean, stupéfait, se laissait embrasser, balbutiant des mots incohérents que sa mère, ivre de joie, n'écoutait pas.

— Aussi, c'est ta faute, méchant enfant ! Pourquoi es-tu resté deux jours sans m'écrire ?

— Mais, maman, je n'ai pas eu le temps. J'étais très occupé.

— Oui... oui... je sais... Simone... Je t'excuse, va... Je sais ce que c'est... Mais qu'as-tu ? On dirait que tu as un ennui... Toi si gai d'habitude... tu parais embarrassé, soucieux...

Jean, surmontant son trouble, répondit presque gaiement :

— Quelle idée !... J'ai été un peu surpris de te voir revenir si vite et justement au moment où j'avais l'intention de m'absenter... J'allais partir pour quelques jours...

— Toi, partir.

— Il le faut.

— C'est au sujet de Simone, ce voyage ?

— Oui, dit Jean avec effort, il est indispensable que je m'absente.

— Mais non... mais non, monsieur Jean, coupa Prosper, qui surveillait son maître du coin de l'œil, votre présence n'est pas nécessaire.

« Il vaut mieux que vous restiez près de votre maman en ce moment.

« Elle n'aurait encore qu'à lire des articles pour s'imaginer Dieu sait quoi !... au sujet de cet aviateur...

« Une supposition qu'il vous ressemblerait et qu'on en parlerait dans les journaux comme si c'était vous...

« Votre maman ne vous voyant pas s'imaginerait des choses... Il vaut mieux que vous restiez... »

— Au fait, dit Jean, tu as raison... Je resterai... tu iras seul, Prosper.

« Tu permets, maman, que je donne à Prosper quelques instructions ?...

— Certainement, quand tu auras présenté tes hommages à Mme de Préfons, qui a voulu m'accompagner et que j'ai impoliment abandonnée dans l'auto.

« Viens vite, nous te rendrons ta liberté tout de suite.

Jean se laissa docilement emmener.

Mme Dubreuil, suspendue à son bras, le regardait avec tendresse en murmurant :

— C'est toi ! c'est toi ! que je suis heureuse !

Mais Jean semblait détourner ses regards.

Une ride profonde creusait son front, indiquant que son esprit était en proie à une préoccupation d'une extraordinaire gravité.

Et il fallait vraiment que Jean, fils si dévoué et si affectueux, fût tenaillé par d'importants soucis, pour qu'il en oubliât de rendre à sa chère maman ses caresses.

Son attitude étrange frappa de nouveau Mme Dubreuil.

— Jean, tu me caches quelque chose.

— Mais non, ma chère maman, je ne vous cache rien.

— Tu me dis vous, comme lorsque tu as quelque chose à me demander et que tu prends tes grands airs de cérémonie.

« Je suis sûre que tu m'en veux encore parce que lorsque tu m'as demandé de prendre part à ce match je n'ai pas voulu te rendre ta parole.

« Et j'ai bien fait !

« Songe donc, mon enfant, qu'il aurait pu t'arriver ce qui est arrivé à ce pauvre aviateur masqué.

« Nul, si habile soit-il, n'est à l'abri d'un accident.

« Et je n'ai plus que toi au monde à aimer... tu es ma seule raison de vivre...

« Si tu savais ce que j'ai souffert chez les Préfons en lisant ce maudit journal, quand je me suis sottement mis en tête que c'était toi l'aviateur masqué !

« J'ai cru mourir de chagrin...

« Mais qu'as-tu ? Tu es tout pâle...

— Rien... rien, dit Jean, faisant effort pour sourire. Je pensais malgré moi à ce pauvre aviateur masqué, que pleurent ses amis et ses parents qui doivent à présent l'avoir reconnu.

« Je pensais... à bien des choses...

« Mais surtout à ceci : que vous êtes la meilleure des mères et que le ciel ne permettra jamais que pareille douleur vous arrive...

— Mon cher Jean.

— Ma chère mère...

Jean Dubreuil se pencha sur les mains de sa mère, les couvrit de baisers, puis, pour dissimuler l'émotion qui s'était emparée de lui, il s'enfuit en disant :

— J'ai oublié de donner quelques instructions à Prosper.. Je reviens dans un instant.

CHAPITRE XVII

PETITES QUERELLES

Tandis que Mme Dubreuil s'abandonnait à la joie de revoir son fils, qu'elle avait cru mort, une scène moins attendrissante se passait au château de Dupon-Martin.

Le constructeur avait cru devoir inviter sa fille à se préparer à un mariage prochain avec Hoffer, puisque, en somme, il était le vainqueur du match.

L'accident survenu à cet étrange aviateur masqué avait évidemment pour cause initiale un défaut dans l'appareil de Génévrier.

Donc, son appareil était inférieur, donc il était battu, donc, lui, Dupon-Martin, avait gagné le match, et il ne lui restait plus qu'à tenir la parole qu'il avait donnée à Hoffer.

Mais il avait compté sans la volonté de Simone, qui se trouvait justement en conférence avec Justine lorsque son père était venu dans sa chambre lui faire part, d'un ton négligent, de ses intentions.

Justine, sur l'ordre de sa jeune maîtresse, était restée et assistait à l'entretien, au grand ennui de Dupon-Martin, qui n'aimait pas la jeune bonne, qu'il trouvait mal stylée et peu respectueuse envers lui.

Simone avait écouté patiemment son père, qui s'empêtrait dans ses déductions.

— Papa, votre discours ne tient pas debout, fit-elle lorsqu'il eut fini de parler.

« D'abord, M. Hoffer n'est pas vainqueur, puisqu'un accident a interrompu la course de son rival.

« Rien ne dit que, sans cet accident, le concurrent de M. Hoffer n'aurait pas été victorieux.

« Cet accident n'est peut-être pas dû à un défaut de construction, mais à des causes...

— Lesquelles ? demanda vivement Dupon-Martin.

— Je n'en sais rien... On a peut-être saboté l'avion de M. Génévrier...

— Tu es folle ! Qui aurait osé une pareille infamie ?

— Papa, ne vous emportez pas... je dis ça... mais il se peut que je me trompe...

— Non, mademoiselle, intervint Justine, c'est sûrement ça qui a dû arriver...

— Qu'est-ce que vous dites, vous ? Voulez-vous retourner à vos fourneaux ?...

— Non, dit Simone. J'ai besoin de Justine.

— Mademoiselle a besoin de moi, dit fièrement Justine. Je suis chez elle, ici... c'est pas votre bureau, ni vos usines. Et d'abord, il faut que je fasse la chambre.

— Justine, tais-toi, ordonna Simone, et vous, mon père, écoutez-moi... Je ne veux pas épouser Hoffer... J'aime Jean et c'est lui que j'épouserai.

— Mais, secrebleu ! suis-je ton père, oui ou non ?

— Mais, sacrebleu ! mon père, est-ce vous qui vous mariez, ou moi ?

— Une fille doit obéir à son père.

— Oui, si le père commande des choses raisonnables.

— Tu n'as pas à discuter mes volontés.

— Je ne les discute pas, je suis trop respectueuse pour ça... Je préfère les ignorer...

— Eh bien ! je te dis que tu épouseras Hoffer.

— Parce que ?

— Parce que je le veux.

— Et moi, je ne veux pas.

— Non, dit violemment Justine, nous ne voulons pas.

Exaspéré, Dupon-Martin donna un violent coup de poing sur un petit guéridon qu'il brisa.

— Ah ! dit Simone, tu veux tout casser.. Et bien ! moi aussi...

« Cassons, Justine...

Elle prit un superbe vase sur la cheminée et le jeta aux pieds de son père, tandis que Justine faisait choir avec fracas la pendule.

Dupon-Martin épouvanté s'enfuit, courut se réfugier dans son cabinet de travail.

Une nouvelle surprise l'attendait, non moins désagréable.

Hoffer était là.

Tout de suite, il aborda la question qui l'intéressait :

— Eh bien ! monsieur Dupon-Martin, vous avez parlé à Mlle Simone ? Puis-je enfin faire officiellement ma cour à votre fille ?...

— Oui, c'est-à-dire, non, pas encore... dit le constructeur embarrassé. Certainement, vous avez ma parole, Hoffer, et vous me connaissez assez pour savoir que je ne suis pas homme à oublier ma promesse... Mais Simone, je dois vous l'avouer, m'a fait quelques objections... a soulevé quelques difficultés. Ce n'est pas que vous lui déplaisiez, mais elle croit aimer Jean Dubreuil !... Ah ! pourquoi n'était-ce pas lui l'aviateur masqué ?

— Evidemment, ça arrangerait tout, dit brutalement Hoffer, et je vous prie de croire que j'ai fait tout ce qu'il fallait pour...

— Je vous demande un petit délai, coupa vivement Dupon-Martin. Au fond, ma fille ne fait que ce que je veux... Elle finira par dire oui. D'ailleurs, j'ai promis, et quand j'ai promis...

— C'est bon, dit Hoffer, je veux bien vous accorder le délai que vous me demandez. Excusez-moi, mais je suis obligé de me rendre à Paris... Affaire urgente...

Il pirouetta cavalièrement sur les talons, planta là Dupon-Martin qui le vit s'éloigner sans déplaisir et ne fit pas un geste pour le retenir.

Aussi bien, il n'était pas fâché que prît fin cette conversation embarrassante.

Lentement, Hoffer descendit le perron, promenant autour de lui un regard courroucé.

Soudain, il tressaillit, s'immobilisa sur la dernière marche.

Il venait d'apercevoir, venant à lui, un homme habillé en domestique, casquette galonnée, boutons de métal à sa veste bleu sombre.

Les lèvres serrées, Hoffer attendit.

L'homme s'approcha, porta la main à sa casquette, prit dans sa poche une lettre, la tendit sans dire un mot, ébaucha un vague salut, fit demi-tour et s'éloigna d'un pas rapide.

S'assurant que personne ne le voyait, Hoffer déchira vivement l'enveloppe et prit connaissance de la lettre.

Il lut ces simples mots :

« Il faut en finir avec l'affaire Du-
« pon-Martin. On vous attend aujour-
« d'hui pour rendre compte. »

Les mots « rendre compte » étaient soulignés d'un triple trait. Comme signature, une croix.

Hoffer déchira la lettre en mille morceaux qu'il jeta au vent, puis, soucieux, les sourcils froncés, il reprit sa marche et se dirigea vers la grande grille du parc.

Comme il traversait la pelouse, il rencontra Prosper Mézan qui arrivait à bicyclette.

Les deux hommes échangèrent un regard dépourvu d'aménité.

— Il vient encore apporter une lettre de Dubreuil à sa belle, cet animal-là, gronda Hoffer... J'espère bien lui faire payer avant peu à lui aussi sa complicité. Gredin, va...

Posant sa bicyclette contre un arbre, Prosper, gouailleur, murmurait de son côté :

— Tu peux me z'yeuter, mon bonhomme... Tu n'es pas encore le mari de Simone et tu ne le seras pas, quand je devrais te démolir ce qui te sert de figure... Mais voici l'astre de mes nuits, le soleil de mes jours qui descend en compagnie de Mlle Simone... Titine... je dépose mon cœur à vos pieds... Mademoiselle, je suis le vôtre...

Justine et Simone se disposaient, en effet, à aller faire un tour dans le parc pour causer plus à l'aise, loin des oreilles indiscrètes, de la petite scène qui venait d'avoir lieu.

Simone sourit à Prosper tandis que Titine, lui tendant sa main, demandait :

— Quoi de nouveau, Prosper ?

— O Justine, familièrement surnommée Titine, déclara Prosper, je viens, l'âme déchirée, vous prier de recevoir mes adieux, car je m'absente pour quelques jours, chargé d'une mission de la plus haute importance.

— Et, interrogea Simone, serait-il indiscret, monsieur Prosper, de vous demander si votre maître vous accompagne dans votre mission ?

— Euh ! Euh ! oui et non... il m'accompagne, sans m'accompagner, vous comprenez...

— Pas du tout...

— Ça n'a pas l'air très clair comme je vous l'explique, mais il n'y a rien de plus simple... Je ne peux pas vous en dire plus long... c'est un secret, vous comprenez. Excusez-moi, je n'ai pas une minute de plus à rester. Titine, ange de mon ciel, dans mes bras...

Il prit Justine par la taille et, avant même qu'elle eût pu protester, il l'embrassait bruyamment, saluait Simone, enfourchait sa bécane, et, pédalant comme un furieux, disparaissait aux yeux ahuris des deux femmes qui ne comprenaient rien aux étranges manières de Prosper Mézan.

Justine, la première, se remit et déclara en souriant :

— Faut pas lui en vouloir... c'est l'amour qui le rend comme ça...

Et, le cœur en liesse, Justine s'échappa pour tâcher de voir encore Prosper au moment où il sortirait du parc, passerait derrière le château.

Simone, abandonnée à ses réflexions, fit la moue.

— Il me semble, murmura-t-elle, que Jean pourrait être moins discret et son fidèle Prosper aussi.

« Qu'est-ce que c'est que cette mission de la plus haute importance !...

« Je ne pense pas que mon fiancé s'occupe de politique ni qu'il conspire contre le gouvernement de la République.

« Alors pourquoi ne m'écrit-il pas au sujet de cette subite absence ?

« Prosper dit que Jean l'accompagne... sans l'accompagner.

« Cela n'est pas très clair.

« Et puis pourquoi Jean n'est-il pas revenu ?

« Je sais bien qu'il se trouve dans une situation délicate vis-à-vis de mon père, qui a promis ma main à Hoffer s'il était vainqueur du match.

« Mais je vais être majeure, libre et maîtresse de mes actes. Jean ne l'ignore pas.

« Et puis nous ne sommes plus à l'époque où les pères disposaient de la liberté de leurs filles sans les consulter.

« Pour se marier il faut être deux.

« Or jusqu'ici M. Hoffer a beau

En apprenant la chute de l'aviateur masqué, Simone s'évanouit.

Film Pathé.

Les spectateurs, stupéfaits, virent apparaître Jean Dubreuil.

Film Pathé.

Leloup fit part de ses projets à son collègue Daurisse. *Caché dans un bosquet, Prosper surprit la conversation des agents.*

Prosper avait entraîné la fille du bûcheron hors de la cabane.

Film Pathé.

Louise Damien conduisit le chauffeur à l'endroit même de l'accident.

Hoffer crut voir le spectre de Jean Dubreuil se dresser devant lui.

Film Pathé.

Ayant maîtrisé sa terreur, il examina avec soin l'appareil.

avoir l'appui de mon père, il n'aura jamais ma main...

« Non, jamais... jamais !...

Elle frappa du pied comme pour accentuer cette déclaration et, calmée, descendit pour aller se promener dans le parc.

Elle croisa son père dans un corridor.

M. Dupon-Martin crut devoir prendre une mine sévère et, l'air hautain, il passa devant sa fille sans lui adresser la parole, pour bien lui manifester le courroux qu'il ressentait.

Simone se mit à rire et fort irrévérencieusement, comme une gamine mal élevée, tira la langue à l'auteur de ses jours.

M. Dupon-Martin n'eut que le temps d'entrer dans la première pièce qui s'offrait à lui pour pouvoir rire à son aise.

Il adorait sa fille, qu'il avait toujours gâtée, et, dans le fond, il n'eût pas été fâché de trouver un prétexte pour manquer à la parole qu'il avait si imprudemment donnée à Hoffer.

Ah ! si l'aviateur masqué avait été Dubreuil !

Mais Dubreuil était vivant, aimait sa fille, qui l'adorait...

— Ah ! fit-il, de nouveau maussade, ces histoires d'amour sont bien ennuyeuses.

« Evidemment je conviens que Jean Dubreuil serait un parti plus avantageux qu'Hoffer.

« D'abord Dubreuil est très riche, il est beau garçon, bien élevé, intelligent, et pour une jeune fille qui attache quelque importance aux dons extérieurs, il est plus séduisant.

« Oui, mais Dubreuil ne travaille pas. Il ne pourrait devenir mon associé, contribuer au succès de ma maison.

« Tandis qu'Hoffer, pilote habile, travailleur consciencieux, ayant sa fortune à faire, secondera mes efforts, fera un associé remarquable.

« Oui, décidément, c'est le gendre qu'il me faut et si Simone, à qui j'essaierai de faire entendre raison, refuse toujours de l'épouser, oh ! alors... alors...

Il eut un geste de menace qu'il n'acheva pas.

— Après tout, je ne veux que son bonheur, moi ! Et si elle le refuse, eh bien ! eh bien ! tant pis pour elle. Qu'elle épouse son Dubreuil et qu'elle me fiche la paix.

Car Dupon-Martin n'avait pas beaucoup de suite dans les idées.

CHAPITRE XVIII

HOFFER APPARAIT SOUS UN JOUR NOUVEAU

Rue Caulaincourt.

Devant une maison d'apparence quelconque, tout près de la place Constantin-Pecqueur, Hoffer venait de s'arrêter.

Prudemment, il regarda autour de lui, s'assura que personne ne le voyait, et il entra dans l'immeuble.

En homme qui connaît les aîtres,

il passa devant la loge du concierge, traversa la cour, monta l'escalier qui conduisait au quatrième étage.

Il n'y avait qu'un locataire, sur la porte duquel une plaque de cuivre portait cette indication : « Westermann », et en dessous : « Contentieux ».

Hoffer frappa trois coups espacés, puis deux, au lieu d'appuyer sur le bouton électrique.

La porte s'entr'ouvrit.

Un homme, dans l'entre-bâillement, montra son visage glabre, reconnut Hoffer, retira la chaîne de sûreté qui maintenait la porte et livra passage au visiteur en murmurant ces mots :

— Vous pouvez entrer au bureau, le patron vous attend.

Hoffer, sans dire un mot, longea un sombre couloir, heurta légèrement trois coups, puis deux à la dernière porte.

— Entrez ! dit une voix rude.

Hoffer retira vivement sa casquette et entra dans un modeste cabinet de travail.

Assis à son bureau, un homme écrivait.

Il avait une barbe rousse et ses yeux étaient abrités par les verres verdâtres d'une paire de lunettes à branches d'or.

Il se tourna vers Hoffer qui salua humblement.

— Bonjour, chef !

Celui qu'il qualifiait de ce titre désigna une chaise et, d'un ton de commandement :

— Où en sommes-nous ?

Hoffer, comme s'il s'excusait, répondit :

— Dupon-Martin m'a demandé un délai pour décider sa fille qui aime toujours ce Jean Dubreuil dont je vous ai parlé.

L'autre haussa les épaules.

— Vous êtes un imbécile, Hoffer... Vous n'avez pas su vous y prendre... il faut en finir au plus tôt... Arrangez-vous comme vous voudrez... Débarrassez-vous de ce Dubreuil... compromettez la fille... faites-lui prendre un narcotique... violentez-la, s'il le faut, mais aboutissez... Je veux qu'avant trois mois vous soyez le mari de la fille de Dupon-Martin, sinon...

Il termina sa phrase par un geste de menace qui fit frissonner de crainte Hoffer.

Le chef poursuivit :

— Il faut que, dussé-je la ruiner, la société Dupon-Martin et ses nouveaux plans soient à nous, vous comprenez, hein ?

Hoffer allait répondre lorsqu'on frappa à la porte.

Le chef écouta.

— Quatre coups, puis un... c'est Barx, dit-il. Entrez...

Un individu assez mal vêtu entra.

Si quelqu'un s'était trouvé dans le bois au moment où un homme volait à l'aviateur masqué ses papiers et son portefeuille, il aurait tout de suite reconnu que Barx était cet homme-là.

Quoique mal vêtu, Barx devait être une manière de personnage assez haut placé, car il salua légèrement celui devant qui Hoffer se montrait si humble, et pas du tout Hoffer qu'il regarda dédaigneusement.

— Ma visite, dit-il, n'a pas grande importance, monsieur; cependant, comme on ne sait jamais de quoi on peut avoir besoin, j'ai tenu à vous apporter des papiers que j'ai recueillis sur la personne d'un aviateur masqué, mort dans un bois.

« Cela peut servir à quelqu'un qui aurait besoin de pièces d'identité, cet état civil peut nous être utile... voici les papiers...

Aux mots d'aviateur masqué, le chef et Hoffer avaient tressailli...

— Tiens... tiens... dit le chef, mais c'est fort intéressant cela, nous allons donc enfin connaître la personnalité de ce mystérieux individu... Monsieur Barx, votre trouvaille est très importante... Voyons...

Le chef prit les papiers, les examina, bondit.

— Mais c'est le portefeuille de Jean Dubreuil, cela... il y a des lettres signées Simone, sa carte d'électeur... une lettre de son notaire, il y a...

— Mais c'est impossible, s'écria Hoffer, ce n'était pas Dubreuil l'aviateur masqué, je l'ai vu sur l'aérodrome...

— Moi aussi, dit à mi-voix le chef. Je l'ai vu.

Puis plus haut :

— Comment diable ces papiers étaient-ils en la possession de cet homme ?

« Il ne les a pas volés à Dubreuil, qu'en aurait-il fait ?

« D'autre part, on ne peut admettre que Dubreuil se soit dessaisi de ces lettres, de son portefeuille...

— C'est affolant, balbutia Hoffer, c'est incompréhensible...

— Et pourtant, c'est cela qui doit être la vérité : Jean Dubreuil a prêté ses papiers à cet homme, mais dans quel but ?

« Hoffer, il faut déchiffrer cette énigme, et, toute affaire cessante, faire une enquête sur le lieu de l'accident.

« Il faut retrouver le corps de l'aviateur masqué et savoir qui l'a fait disparaître et pourquoi ?...

« Vous êtes sûr, monsieur Barx, que l'aviateur était mort, lorsque vous lui avez pris ses papiers ?...

— Il paraissait n'avoir que quelques instants à vivre. Mais il se peut qu'il ait vécu... Oui... tout est possible...

— En chasse, Hoffer, ordonna le chef, et ne revenez qu'avec des renseignements précis. Avez-vous besoin d'argent ? Oui... vous avez toujours besoin d'argent. En voilà... mais réussissez...

Le chef ouvrit un tiroir, en tira une liasse de billets de banque épinglés...

Il vérifia :

— Deux mille ! dit-il, ça doit vous suffire, prenez... Allez-vous-en...

Hoffer s'empara des billets, salua profondément le chef et M. Barx et sortit à reculons.

— C'est ça, Hoffer ? demanda M.

Barx, lorsqu'il l'eût entendu s'éloigner.

— Oui !... Un garçon dévoué et sérieux...

— Il a l'air d'une canaille, je vous le concède, mais je ne le crois pas très malin.

— Il n'a pas besoin d'être malin, dit sèchement le chef. Un subordonné n'a que faire d'être trop intelligent. Qu'il obéisse aveuglément... C'est tout ce qu'on exige de lui.

Barx se mit à rire.

— Compris... C'est pour moi que vous dites cela... Vous avez tort. Je sais obéir tout en restant intelligent...

— Oui... mais vous discutez trop... Au revoir, monsieur Barx.

« Le service que vous venez de me rendre sera connu en haut lieu. »

Barx salua le chef d'un air maussade et se retira.

Le chef attendit, écouta se fermer la porte d'entrée, puis sonna l'homme qui faisait fonction de portier et lui dit :

— Hans... je n'attends plus personne aujourd'hui. Laissez carillonner les visiteurs, s'il en vient. N'ouvrez pas. M. Westermann est au Palais. Allez.

Hans disparut silencieusement.

Le chef passa dans une petite pièce voisine qui était fort curieuse, car elle contenait, accrochés aux murs, des vêtements de toutes sortes, des perruques, des barbes postiches, et l'on voyait à terre des chaussures variées, des valises, des sacs de voyage.

Contre un mur, devant une grande glace, se trouvait une table de toilette.

Le chef se dirigea vers la table de toilette et doucement décolla sa barbe, retira ses lunettes et sa perruque.

La glace refléta alors les traits de M. Génévrier, rival de Dupon-Martin.

Quel était donc ce mystérieux personnage qui, sous le nom de Génévrier, était à la tête d'une importante usine française de construction d'avions et qui, rue Caulaincourt, dans cet appartement loué à l'individu nommé Westermann, était entouré d'un respect presque servile par tous ceux qui l'approchaient ?

Il était le « Chef ».

Chef d'une redoutable association dont l'organisation par sa discipline remarquable faisait songer à des associations étrangères qui, en France, avant la guerre, préparaient lentement l'envahissement et la destruction de notre pays.

Le « Chef » n'avait livré à personne le secret de sa personnalité.

Rue Caulaincourt il était le « Chef ».

Mais en quittant le sinistre appartement, où se préparaient dans l'ombre de louches besognes, le « Chef » redevenait M. Génévrier, l'honorable industriel bien français, l'homme à qui tout le monde était heureux de serrer la main, à qui l'on ne pouvait faire que ce seul reproche : vouloir écraser son redoutable concurrent l'honorable Dupon-Martin.

CHAPITRE XIX

PROSPER AGIT

Les journaux avaient donné des détails sur le lieu de l'accident, ainsi que de nombreuses photographies du village, du bois, de l'avion brisé et, en partie, brûlé.

Prosper, muni de tous les renseignements nécessaires, avait pris le train, était descendu à la gare la plus proche, avait sauté sur sa bicyclette, pédalant dans la direction du fameux bois qu'il voyait de loin.

Tout en cheminant, le brave chauffeur monologuait :

— En v'là un patelin, quel trou ! On ne rencontre seulement pas un citoyen pour vous tuyauter. Où c'est qu'ils habitent, les gens d'ici ?

« Et comment que je vais pouvoir me renseigner, moi ?

« Je vais dans le bois, je ne sais pas pourquoi, bien sûr que je n'y trouverai pas notre pauvre aviateur.

« Mais je tiens à voir où c'est qu'il est tombé, parce que j'ai mon idée.

« D'abord je ne crois pas à cet accident, comme le raconte ce chenapan d'Hoffer.

« Il y a là quelque chose qui n'est pas clair...

« J'ai vu M. Sertil tout à l'heure et il est de mon avis...

« L'avion était en parfait état... S'il s'est détraqué en l'air, c'est qu'on avait dû y toucher, limer quelque pièce, bref, faire quelque canaillerie...

« Et quand on a vu une seule fois Hoffer, on est tout de suite enclin à croire que ce « zigoto » a dû faire un sale coup, histoire de se débarrasser de son concurrent pour palper les quarante mille balles.

« Scélérat d'Hoffer, si je te trouvais ici où il n'y a personne pour nous zyeuter, je me chargerais bien de te faire passer le goût de la frigo...

« Mais si... il y a du populo...

« V'là une jeunesse qu'est en train de ramasser du bois...

« Je vas y causer, à c'te belle enfant.

« Justement, elle a une gentille frimousse et si elle faisait onduler sa tignasse de sauvageonne elle ferait une demoiselle tout ce qu'il y a de bath... »

Prosper était arrivé à la lisière du bois.

Il descendit de sa bicyclette et se dirigea vers la jeune paysanne qui, après avoir jeté un coup d'œil distrait sur lui, s'était remise à son travail.

— Hé ! la jolie bûcheronne, interpella Prosper, peut-on vous dire un petit mot ?

La paysanne se releva, lâcha les branches qu'elle tenait, dévisagea Prosper, farouche, prête à fuir.

— N'ayez pas peur, la belle enfant, dit gaîment Prosper, je ne suis pas le frère de Landru. Je n'ai jamais fait de mal à une personne du « sesque », au contraire...

Prosper avait une si bonne figure respirant la joie et la bonté, que la paysanne sourit ; toute sa terreur de l'étranger s'était envolée.

— Que me voulez-vous ? dit-elle.

— Vous demander un petit renseignement que vous ne me refuserez pas, vous êtes trop gentille pour cela... car il y a pas à dire, vous êtes jolie comme un cœur...

La paysanne rougit, nullement fâchée, et répondit aimablement :

— A votre service, m'sieur.

— Voilà, dit Prosper, de quoi il retourne : je voudrais que vous me disiez si vous savez ce qu'est devenu le pauvre garçon qui est tombé de l'avion.

— Oh ! s'écria la jolie bûcheronne, encore !

— Quoi, encore ?

— Ben, vous êtes la troisième personne qui me demande cela aujourd'hui.

— La troisième personne, s'étonna Prosper. — Puis, se rassurant : — Ah oui ! des journalistes, des « rapporteurs », je sais... Seulement, moi, c'est plus sérieux, c'est pas pour la curiosité. Le monsieur qui est tombé, c'est quelqu'un qui me touche de près, comme qui dirait mon parent. Alors, vous comprenez, cela m'intéresse de savoir ce qu'il est devenu, de savoir ce qu'on a fait de son corps, s'il est mort ou s'il est vivant, où qu'on l'a porté.

La bûcheronne fronça les sourcils. Elle regarda fixement Prosper, puis, avec hésitation :

— Je ne sais pas... je ne sais pas... La machine volante est tombée à cinq cents mètres d'ici... Vous n'avez qu'à suivre ce sentier, vous verrez l'endroit, il y a des arbres coupés et brûlés, mais pour celui qui était dedans !...

— Eh bien ! interrogea Prosper anxieux.

— Je ne sais pas, personne ne sait ce qu'il est devenu, dit-elle brusquement, et, tournant le dos à Prosper, elle se remit à ramasser du bois.

Prosper se mordit les lèvres, alla chercher sa bécane et, rageur, suivit le sentier que la paysanne lui avait indiqué.

— Elle a un drôle d'air, cette fille. On dirait qu'elle sait quelque chose... Que je suis bête ! si elle savait quelque chose, elle parlerait. Allons, va falloir se creuser le ciboulot pour en sortir une idée.

Il marcha un bon moment silencieux, puis, prêtant l'oreille, il s'arrêta.

Il avait entendu parler.

Prosper cacha vivement sa bicyclette dans un fourré, puis abandonnant le sentier tracé il se dirigea du côté d'où venaient les voix...

— C'est des gens qui sont sur les lieux du crime, murmura Prosper... Attention ! avant de nous montrer, étudions ces gaillards et voyons ce qu'ils font là.

Il se baissa, se glissa sans bruit jusqu'auprès de l'endroit où péroraient deux hommes dont l'attitude le frappa de surprise.

Penché sur les débris de l'avion, un

des deux hommes regardait et semblait chercher quelque chose.

Son compagnon, un calepin à la main, prenait des notes.

A l'abri de leurs regards, Prosper les observait curieusement.

— Le diable m'emporte ! se dit-il, si je n'ai pas déjà vu la bouillotte de celui qui écrit et puis aussi la cafetière de l'autre. Bon, v'là qu'ils s'en vont, à présent, sans plus « jacter », c'est pas de chance.

Les deux hommes, en effet, gagnaient le sentier qu'aurait dû suivre Prosper et disparaissaient derrière les arbres.

Prosper, alors, sortit de sa cachette et bondit vers les restes de l'avion de Génévrier.

Une vive émotion s'empara de lui.

Ses yeux s'emplirent de larmes.

— Malheur, grommela-t-il... c'est-il possible qu'il soit « clamsé » ? Non, je ne veux pas croire ça.

« Tiens, tiens, qu'est-ce que c'est donc que ce petit trou dans la machine, et puis encore ces trous ? Oh ! oh ! on dirait qu'ils ont été faits avec des balles de carabine ou de revolver.

« Mais oui !... V'là justement une balle glissée entre ces deux morceaux de fer...

« Ah ! tonnerre de bonsoir, j'y suis à présent... Tout s'explique.

« Le Hoffer a tiré dessus ! Le v'là l'accident, le v'là ! Ah ! le chameau... le bandit !...

« Mais ça ne se passera pas comme ça, bonsoir de bonsoir ! A nous deux, Hoffer !

Il glissa la balle dans la poche de son veston.

— Il l'a tué peut-être... sûrement... dit-il avec émotion.

Une voix féminine le fit retourner.

La jeune paysanne était près de lui.

— Pourquoi que vous pleurez ? C'est donc vrai que c'était votre parent, votre ami ?

Prosper essuya vivement ses yeux, honteux d'avoir montré sa faiblesse.

— Je ne pleure pas, c'est quelque chose qui m'est entré dans l'œil. Alors, comme ça, vous ne savez rien, vous ?

Elle se troubla, hésita comme si elle allait dire quelque chose, puis, fronçant le sourcil, elle hocha la tête et s'enfuit.

Prosper effaré se gratta le front.

— Ça... c'est pas ordinaire !... Je suis sûr que la mâtine en sait plus long qu'elle ne dit. Elle a un air qui ne me revient pas.

« Mais pourquoi qu'elle ne veut rien dire ?

« C'est-il qu'on lui a défendu de parler ? Mais qui ?

« Ça serait donc lui ? Mais alors, il serait vivant ?... Vivant ?...

« Ah ! il n'y a pas ! Il faut que je sache !

Il retourna prendre sa bicyclette et, plus préoccupé que jamais, il sortit du bois, se dirigeant vers le village.

L'attitude étrange de cette paysanne le troublait.

Son émotion, son indécision, puis cette brusque fuite comme si elle avait craint de laisser échapper un secret en continuant à converser avec Prosper, donnaient fort à penser au brave chauffeur.

— Sait-elle ? Ne sait-elle pas ?

« Si elle ne sait rien, pourquoi ces manières bizarres ?

« Et si elle sait, pourquoi qu'elle n'a pas parlé ?

« Ah ! je donnerais dix ans de la vie du pilote Hoffer pour savoir de quoi il retourne ! »

CHAPITRE XX

L'AGENT LELOUP

A l'entrée du village se trouvait une petite auberge, la seule du pays, tenue par Mathieu, un homme qui s'entendait à écorcher ses rares clients.

C'est dans cet unique refuge des voyageurs que s'étaient rendus les deux hommes que Prosper avait vus dans le bois.

Tout de suite ils s'étaient attablés et l'un d'eux avait commandé un repas plantureux pour quatre personnes, ce qui avait fait demander par Mathieu s'il fallait attendre pour servir l'arrivée des autres convives.

A quoi celui qui avait pris la parole avait déclaré :

— Nous n'attendons personne, mais comme chacun de nous mange pour deux, veuillez nous servir à manger et à boire pour quatre et au trot...

Le ton impératif avait fort impressionné l'aubergiste, qui s'était mis en demeure de donner satisfaction à ces deux clients qu'il jugea tout de suite être des gens du meilleur monde.

En attendant que fût prêt le repas, et pendant qu'on dressait le couvert, les deux clients ingurgitèrent quelques amers-picons, légèrement additionnés d'eau de seltz...

Cette absorption eut lieu dans le plus grand silence.

Ces gens-là, évidemment, avaient la tête trop pleine de pensées pour en laisser échapper une à la légère.

Enfin ils furent servis.

Avec une grimace de satisfaction, ils attaquèrent une énorme omelette au lard.

Mais quelle ne fut pas leur surprise de voir entrer à ce même moment un voyageur, qui, posant sa bicyclette dans un coin, vint s'installer à la table voisine de la leur et dire à l'aubergiste :

— J'ai faim... donnez-moi ce que vous voudrez... tenez, la même chose qu'à ces messieurs !

— Pour quatre ? demanda naïvement l'aubergiste.

— Non, pour un, répliqua Prosper, mais un qui bouffe comme trois...

Mathieu, émerveillé, disparut dans les profondeurs de la cuisine.

Les deux convives avaient jeté un regard courroucé sur l'intrus qu'ils considéraient avec méfiance.

Mais cette méfiance s'envola lorsqu'ils virent que le nouveau venu ne s'occupait nullement d'eux et, les yeux au plafond, tambourinait avec ses doigts, sur la table, semblant attendre avec impatience le moment de satisfaire son appétit.

Mathieu fit une apparition sensationnelle, les bras chargés de victuailles.

Il apportait un énorme entrecôte aux pommes, avec une omelette pour Prosper et une bouteille de vin.

Comme un affamé, Prosper s'attaqua à son omelette, approuvant, la bouche pleine, la côtelette proposée par l'aubergiste comme suite naturelle de son menu.

Les deux voisins, tout à fait rassurés, daignèrent enfin parler, malgré la présence de l'intrus.

Celui qui paraissait être le chef déclara soudain :

— Mon cher collègue, j'ai bien réfléchi, tout cela est louche, la disparition de ce cadavre n'est pas naturelle.

— En admettant, reprit l'autre, qu'il y ait un cadavre.

— Tiens, ça n'est pas bête ce que vous dites là. Il peut, en effet, n'y avoir pas de cadavre et l'aviateur aurait simplement été blessé, auquel cas il a dû se rendre de lui-même ou être transporté chez un habitant du pays.

— Oui mais, chez qui ? On ne peut pas demander à tous les habitants.

— Assez, dit l'autre interlocuteur sur un ton péremptoire, je vous avais mal jugé, vous êtes une moule, vous êtes plus bête que Dieu n'est puissant.

— Mais...

— Assez, il n'y a pas de mais... Quand il y a quelque part un malade, un blessé, qui est-ce qui le soigne ?...

— Un médecin...

— Je ne vous le fais pas dire, tête de bois. Un médecin, parfaitement ; alors si nous voulons savoir où se trouve le blessé, nous n'aurons qu'à nous adresser au médecin qui l'a soigné.

— Oh ! fit avec admiration celui que son ami avait appelé tête de bois, je n'aurais jamais pensé à cela, moi, monsieur Leloup.

Un bruit insolite les fit retourner.

Prosper Mézan venait d'avaler de travers en entendant le nom de Leloup.

Il reconnaissait à présent les deux hommes.

C'étaient les deux agents qui s'étaient présentés à l'hôtel Dubreuil pour rechercher celui qui ressemblait à Jean Dubreuil, son sosie, le fameux Pierre, celui qui...

— Je vous demande pardon, messieurs, dit vivement Prosper, c'est mon pinard qui s'est trompé de tuyau...

M. Leloup grogna :

— Mais dites donc, mon garçon, votre figure ne m'est pas inconnue, il me semble que je vous ai déjà vu quelque part...

— C'est impossible, je n'y vais jamais ! dit Prosper arborant son plus gracieux sourire.

Cette réponse abracadabrante ahurit les deux agents qui se regardèrent interloqués.

Prosper, d'un air détaché, prit la côtelette par le manche et porta une dent affamée sur le morceau de viande qui ornait l'os.

— C'est bon, c'est bon !... fit Leloup froissé, je n'aime pas qu'on me plaisante...

Daurisse, si bien surnommé Tête de Bois, apaisa Leloup.

— Nous devrions expédier le dessert et filer chez le médecin...

— Comme vous dites, je ne vois pas pourquoi nous continuerions à causer avec ce monsieur que je ne connais...

— Ni des lèvres ni des dents, insinua Daurisse.

— Ni du lièvre ni d'Adam, rectifia l'agent Leloup avec orgueil. Passez-moi la confiture et qu'on en finisse... pendant ce temps payez puisque vous êtes le plus jeune.

Gustave obtempéra à l'ordre de son collègue, mais fit la grimace, car la note de Mathieu était salée.

— Il n'y a pas encore la vague de baisse ici, murmura-t-il.

Leloup lui lança un regard foudroyant.

— Gardez vos réflexions saugrenues et laissez-moi poser une question à ce brave homme. Dites-moi, mon ami, est-ce qu'il y a un bon médecin dans ce village ?

— Bien sûr, il y a M. Boruny qui habite, au bout de la grande rue, une maison blanche avec un jardin devant.

— Bon, c'est le meilleur médecin ?

— Bien sûr, y en a pas d'autre.

— Parfait, vivement une fine de marque...

— Une fine de joie, quoi, murmura Prosper qui mettait les bouchées doubles.

Daurisse seul l'entendit et le regarda de travers, prêt à se fâcher contre ce qu'il considérait comme une insulte personnelle, mais déjà Leloup s'était levé en attendant le verre d'eau-de-vie, qu'il vida d'un trait.

— Partons, on a assez perdu de temps.

— Hé ! tavernier ! appela Prosper, comme les autres quittaient l'auberge, combien cela fait ?

— Monsieur ne prend pas de dessert, de café ?...

— Non, au galop, mon vieux. Ah ! et puis, zut, je n'ai pas le temps d'attendre... cela doit faire le compte.

Il jeta un billet de dix francs au nez de Mathieu, s'empara de sa bicyclette et se rua dehors.

— Mais, monsieur, vous me devez plus que cela... dit l'aubergiste, il manque trois francs quatre-vingt-quinze...

— Ah ! dit Prosper qui avait déjà enfourché sa bécane, ça va, ça sera pour le garçon...

D'un vigoureux coup de pédale, il prit congé.

Mathieu eut un geste vite réprimé de menace et sourit :

— Bah ! je gagne encore sept francs. J'augmenterai le prochain client tout de même, pour le principe...

Leloup et Daurisse avaient également des bicyclettes et étaient déjà loin lorsque Prosper quitta à son tour l'auberge...

Mais cette avance ne déplaisait pas du tout à notre chauffeur qui ne tenait pas à être vu par les deux agents qu'il était en train de filer.

Ceux-ci, à toute allure, se dirigeaient vers le village et, renseignés par un passant, allaient sonner à la maison du docteur Boruny.

Mais, tout en pédalant, Leloup avait éprouvé le besoin de rappeler à Daurisse qu'il avait déjà vu le particulier qui se trouvait à l'auberge en même temps qu'eux.

— Il faudra, Gustave, quand nous en aurons fini avec cet aviateur que je soupçonne d'avoir mis un masque dans le but d'égarer la justice, rechercher cet individu que je soupçonne de faire partie de la bande de l'aviateur.

« Il a une tête que je ne peux pas encaisser, cet animal-là.

— Peut-être, insinua Daurisse, que c'est un « cheval de retour ».

— Il serait possible, Gustave, qu'il soit ce que vous dites et que cet individu soit un évadé de Cayenne ou de Nouméa.

— Ou d'ailleurs.

— Ou d'ailleurs, parfaitement.

« Ce qu'il y a de certain, c'est que j'ai déjà vu cette figure.

« Où donc ?

— Au service anthropométrique, peut-être.

— Peut-être. Rappelez-vous bien ceci, Gustave, c'est que, lorsqu'un policier se trouve en présence d'une tête qu'il croit avoir déjà vue, il importe qu'il applique toutes ses facultés à retracer dans quelles circonstances il l'a déjà vue, et il y a mille à parier contre un que les circonstances soient défavorables au propriétaire de ladite tête, lequel a certainement dû avoir des histoires avec la justice de son pays.

« J'ai dit !

Daurisse fit entendre un grognement approbateur.

Lui aussi cherchait à se rappeler où et quand il avait vu Prosper Mézan, bien persuadé que Prosper devait être un criminel dangereux.

Leloup ralentit sa marche.

— Pied à terre, Gustave, et prenez par le museau votre cheval d'acier.

« Si j'en crois les renseignements précis qui nous furent donnés, nous sommes devant la villa du docteur Boruny.

CHAPITRE XXI

OU L'ON TROUVE ENFIN QUELQU'UN QUI A VU L'AVIATEUR

Le docteur Boruny était un petit vieillard à barbe et à cheveux blancs, à la trogne enluminée, souriant et bon enfant, ayant pour principe, comme aurait dit Prosper, « de ne pas s'en faire ».

Il n'était pas plus maladroit qu'un autre, et ne tirait aucune vanité de ses succès médicaux, qu'il attribuait toujours au hasard ; mais il gardait cette opinion pour lui, afin de ne pas se déconsidérer dans l'esprit des villageois.

Il accueillit avec bonhomie les deux agents, leur offrit un siège, des cigarettes, et leur demanda lequel des deux était malade.

— Monsieur le docteur, dit Leloup, nous ne venons pas ici en clients.

Il sortit sa carte, la montra.

— Ah ! ah ! dit le docteur surpris, vous êtes de la Sûreté, agents, enfin, vous êtes de la police, quoi ! Mais qu'est-ce que je peux bien avoir à faire avec vous ? Je sais bien qu'il y a cet alcoolique de Brouchons qui a trépassé dans mes bras, il y a trois jours, et que sa femme prétend que je l'ai mal soigné. Mais ce n'est pas, je crois, un motif d'arrestation. Si on arrêtait mes confrères chaque fois qu'ils envoient un client « ad patres », il n'y aurait plus assez de prisons en France.

— Monsieur le docteur, dit gravement Leloup, incapable de comprendre l'ironie du docteur Boruny, vous n'êtes jusqu'à présent inculpé d'aucun homicide volontaire, et nous n'avons pas d'ordre vous concernant, la préméditation médicale n'étant pas établie.

— J'en suis fort heureux, riposta le docteur, goguenard.

« Alors, s'il ne s'agit pas de moi, de qui ou de quoi s'agit-il ?

— Il s'agit d'un individu qui s'est fait passer pour mort et qui ne l'était pas, vu qu'il a disparu...

Le docteur dressa l'oreille et fronça les sourcils.

— Cet homme, qui était masqué lors de son départ, ce qui est extraordinaire, vu que les honnêtes gens n'ont pas l'habitude de cacher leur visage, a fait une chute mortelle à la suite de laquelle on suppose qu'il n'est pas mort, vu qu'il a disparu.

« Justement inquiète de la conduite de ce personnage, la Sûreté nous a donné mission, si l'homme est mort de retrouver son cadavre et de découvrir son identité, et s'il est vivant de lui demander d'abord ses papiers et ensuite de l'interroger sur les motifs de sa disparition et le pourquoi de ce masque !

Le docteur se frotta le bout du nez avec la paume de sa main, et donna à son pauvre nez une teinte plus écarlate que d'habitude.

— Alors, demanda-t-il, que voulez-vous de moi ?...

— Monsieur, en votre qualité de médecin, vous avez dû constater le décès du mort, ou soigner les blessures du vivant, donc, dans les deux cas, vous devez savoir où est l'homme.

— Je le sais, en effet, et c'est sur mes conseils que les gens qui l'ont recueilli ont gardé le secret sur leur hôte...

— Et pourquoi donc ?

— Parce que ce malheureux est privé de raison, atteint d'une amnésie totale consécutive à sa terrible chute. Je ne parle pas de sa blessure en voie de guérison...

— Ce n'était pas une raison pour cacher cet homme à la justice, dit sévèrement Leloup.

— Je n'ai jamais eu cette intention, messieurs, mais cet homme étant masqué et n'ayant sur lui aucun papier, j'ai cru qu'il y avait dans sa vie un mystère : aventure d'amour, drame de famille, que sais-je ?... qui exigeait qu'on ne livrât pas à la publicité son histoire et sa personnalité avant que lui-même ne l'eût permis.

« Je dois avouer que ce pauvre garçon ne m'avait pas fait l'effet d'un criminel, loin de là.

— Monsieur, dit Leloup sentencieusement, c'est peut-être un honnête homme, mais il a eu tort d'être masqué, d'être mort et de disparaître sans prévenir personne.

— Il avait peut-être de graves raisons pour garder l'incognito.

— « L'incognito » n'a pas besoin de lui pour être gardé, il y a des agents pour veiller sur les citoyens, qui, comme le nommé « l'incognito », peuvent se croire en danger.

« Or donc, je vous requiers, sous peine d'être poursuivi et appréhendé, de nous conduire auprès de cet homme, que vous avez sournoisement caché...

— En somme, dit Daurisse, Monsieur est comme qui dirait complice...

— Complice de quoi ? demanda le docteur.

— De cet inconnu.

— Qu'est-ce qu'il a fait ?

— Ça ne vous regarde pas, nous avons des ordres, voulez-vous oui ou non nous conduire ?

— Monsieur, dit le docteur, vexé, je suis trop respectueux de la justice de mon pays pour ne pas m'incliner devant sa volonté, même quand je ne la comprends pas.

Il appela son domestique.

— Dites à Jean d'atteler la jument au cabriolet.

Puis, se tournant vers les agents :

— L'homme dont vous me parlez est logé dans une pauvre cabane de bûcherons qui l'ont recueilli quelques instants après sa chute et m'ont aussitôt prévenu. C'est assez loin d'ici, après le petit bois que vous avez dû voir, c'est pourquoi j'ai fait atteler le cabriolet. Nous en avons pour vingt bonnes minutes.

— Mais, dit Leloup, nous avons nos bicyclettes.

— Laissez-les ici, vous les trouverez au retour.

Le domestique vint annoncer que le cabriolet était attelé.

Précédant les agents, le docteur Boruny sortit de la maison.

Se penchant à l'oreille de Daurisse, Leloup lui murmura d'un ton satisfait, plein d'orgueil et de contentement de lui-même :

— Eh bien ! Gustave, croyez-vous que votre supérieur a du flair, hein !

— Oh ! répondit Gustave plein d'admiration, brigadier Leloup, pour le flair, vous enfoncez tous les chiens de chasse !

Précipitamment, ils rejoignirent le docteur, qui les fit monter dans le cabriolet, s'y installa à son tour, et caressant du fouet l'encolure de son bon vieux cheval lui fit prendre une allure qui ne rappelait que très vaguement le galop d'un coursier fougueux.

A peine le cabriolet était-il parti, avait-il tourné la rue, que surgissait Prosper.

Le brave garçon suivant de loin les agents Leloup et Daurisse les avait vus s'arrêter devant la maison du docteur et y entrer.

Il était venu alors s'installer derrière la villa, s'abritant derrière les arbustes, attendant avec impatience le départ de ceux qu'il considérait dès ce moment comme ses adversaires.

Tout en grillant une cigarette pour abréger l'ennui de sa faction, Prosper monologuait :

— Une riche idée que j'ai eue d'aller « brifer » chez ce voleur d'aubergiste. J'ai pu apprendre que les nommés Leloup et Gustave recherchaient comme moi l'aviateur masqué. Pourquoi qu'ils le cherchent, par exemple, je n'en sais rien, et je m'en fiche ! C'est peut-être la blague du malfaiteur de l'autre jour qui continue... C'est égal ! C'est pas la moitié d'une tourte, le Leloup ! Il a eu une bath inspiration de penser que, puisque l'aviateur n'était pas mort, il pouvait être blessé et que blessé il avait dû être soigné par un médecin, lequel médecin savait, naturellement, où était logé le client qu'il soignait ! C'est un as, ce Leloup ! Quand l'occasion se présentera, je le féliciterai.

« En attendant, je ne veux pas qu'il fiche son grappin sur celui que je cherche.

« Et s'il est malin, il verra que je ne suis pas une moule non plus...

« Qu'il me conduise sans s'en douter à la maison, et après on verra...

« Mais comment ça se fait que ces gaillards-là soient venus enquêter si tôt ?

« C'est seulement tantôt que M. Jean devait demander à la Sûreté de faire des recherches, après mon retour.

« C'est donc pas lui qui est cause qu'ils sont ici ?

« Alors, pour le compte de qui qu'ils travaillent ?

« J'aime pas beaucoup ces manigances-là.

« Ben vrai, est-ce qu'ils vont pas sortir de chez le « toubib » ?...

« Est-ce que, des fois, Leloup ne serait pas tombé en digue-digue et se ferait faire des piqûres ?...

« Ah ! on bouge là-haut... Attention !

Tournant la villa, Prosper changea son poste d'observation.

Bien lui en prit.

Il vit amener le cabriolet devant la porte et les trois hommes prendre place dans la voiture...

Il retint un cri de joie.

— Ça gaze ! C'est le médecin chef du patelin qui les conduit, en personne, près de la victime...

« Enfin, je vais voir... et savoir...

Suivant de loin le cabriolet, Prosper, le cœur ému, sortit du village derrière le docteur et les agents...

— Ah çà ! gronda-t-il... où c'est-il qu'on l'a logé ?

« V'là qu'à présent on s'enfonce dans le bois...

« On va pas faire un pèlerinage à l'avion, je pense ?...

La voiture trottinait toujours à travers bois, cahotée, gémissante, frôlant les branches dépouillées de leur frondaison.

Elle alla ainsi pendant une demi-heure et à un carrefour s'arrêta brusquement devant une maisonnette de piètre apparence encadrée d'herbes folles, de ronces et d'arbustes.

La jeune paysanne que Prosper avait rencontrée était sur le seuil...

A la vue de ceux qui arrivaient, telle une biche effarouchée, elle jeta un cri de détresse, se réfugia dans la maison dont elle oublia de fermer la porte.

— Oh ! fit Prosper qui, abandonnant sa bécane, s'était jeté à terre et se dissimulait derrière un talus, qu'est-ce que ça veut dire ?

« V'là qu'on s'arrête chez la fille sauvage qui m'a dit ne rien savoir...

Le docteur, descendu le premier de la voiture, attachait son cheval à un arbre, puis invitant à le suivre Leloup et Daurisse :

— Venez, messieurs, celui que vous cherchez est ici...

CHAPITRE XXII

LE BUCHERON

Celle que Prosper appelait la fille sauvage, et qui avait été mise en fuite par l'arrivée du docteur et des agents, était allée se réfugier auprès de son père, un vieux bûcheron occupé à redonner le tranchant à une hache auprès d'une grande cheminée.

— Père, cria-t-elle, j'ai peur...

« Il y a des hommes avec le docteur, des hommes qui sont déjà venus pour savoir...

Le vieux bûcheron posa sa hache, regarda sa fille et, se levant, la serra affectueusement contre sa poitrine.

— Sois sans inquiétude... On ne te fera pas de mal... Je suis vieux, mais je suis encore solide et deux hommes ne sont pas pour intimider le père Damien.

Le docteur entrait, suivi de Leloup et de Daurisse.

Le bûcheron, abandonnant le coin de son feu et repoussant doucement sa fille, alla vers le docteur, après avoir ôté respectueusement son bonnet de fourrure.

— Qu'est-ce qu'il y a pour votre service, monsieur le docteur ? demanda-t-il.

Le docteur Boruny expliqua :

— Mon brave père Damien... ces messieurs sont des agents de la Sûreté... autrement dit des policiers...

— Ah ! grommela le bûcheron maussade... c'est des gens de la police.

— Oui, père Damien... Ils sont chargés d'enquêter auprès de notre blessé... de s'informer... vous comprenez... Alors, naturellement, comme ils ont des ordres et que tout le monde doit obéir à la loi, j'ai dû m'incliner et les conduire auprès de vous... Montrez-leur le blessé, et répondez à leurs questions... Ne craignez rien, il ne vous sera fait aucun mal...

Le bûcheron hochait la tête et, sans mot dire, tira un grand rideau qui masquait complètement une alcôve.

Là, couché sur un misérable lit, Jean Dubreuil, d'un air hébété, souriait aux objets qu'il avait devant lui...

Sa barbe, non rasée depuis sa chute, augmentait encore son air maladif, faisant paraître plus maigre sa figure dans laquelle des yeux mornes, sans expression, regardaient dans le vague.

Leloup, à sa vue, jeta un cri.

— C'est lui ! dit-il... c'est l'homme qui nous a échappé dans le jardin de cet hôtel de Paris. Ah ! cette fois, mon gaillard, tu ne nous la feras plus ! Tu es pincé !

Jean Dubreuil fit entendre un petit rire, puis se mit à jouer avec ses doigts, se désintéressant complètement des visiteurs.

— Le pauvre homme ! murmura la jolie bûcheronne... Il est toujours dans le même état !...

— Le pauvre homme ! s'écria Leloup indigné, savez-vous que c'est un malfaiteur qui est là ? Un homme que nous recherchons je ne sais depuis combien de temps !...

La bûcheronne ricana :

— Celui-là ! un malfaiteur... Comme moi, oui...

Leloup, furieux, ordonna :

— Attendez que l'on vous interroge, vous êtes sans doute complice, vous aussi... hein ! j'ai bien envie de vous arrêter !

La paysanne allait répliquer, mais le docteur Boruny la prit par le bras, la poussa doucement dehors et ferma la porte.

On entendit un cri étouffé.

Mais nul n'y prêta attention...

Le docteur était en train d'expliquer à Leloup que lui personnellement s'opposait à ce que le blessé fût emmené par les agents, sa blessure étant à peine cicatrisée.

Il dégageait sa responsabilité.

Mettre les menottes à ce pauvre fou, blessé, le traîner sur les routes, serait un acte d'inhumanité, disait-il.

Devant l'attitude ferme du docteur, Leloup remit dans sa poche les menottes qu'il allait passer à Jean Dubreuil...

— Nous ne pouvons pourtant pas le laisser ici... nous avons des ordres... S'il nous échappait, nous serions punis...

« Peut-il supporter le voyage en automobile ?

— Oui, il le peut, dit avec répugnance le bon docteur...

— Alors, nous le laissons ici jusqu'à ce nous ayons trouvé une voiture automobile, mais vous savez, vous, le vieux, vous êtes responsable de cet homme et s'il s'échappe c'est vous qui irez en prison.

Le bûcheron, nullement intimidé, répondit :

— S'échapper ?... Il peut à peine se tenir debout. Je vous le demande... Où irait-il, le pauvre innocent ?...

Mme Dubreuil, tendrement penchée sur son fils, cherchait à comprendre sa tristesse. *Simone, suffoquée, eut un cri de douleur et tomba dans les bras de Mme Dubreuil.*

Film Pathé.

La jeune fille, surprise, interrogeait du regard celui qu'elle croyait son fiancé. *Après son aveu, le sosie de Jean demeurait accablé, sans oser lever la tête.*

— Il n'est pas innocent, il est coupable, je vous le dis. Et puis, ce n'est pas tout ça... comment vous appelez-vous ?

— Jean-Baptiste Damien.

— Eh bien ! Damien, je vous somme de nous dire tout ce que vous savez sur cet homme...

— J'en sais moins que vous certainement... J'étais dans le bois avec ma fille, et je rentrais à la maison, quand j'ai vu dans le ciel une flamme et de la fumée... J'ai cru qu'il y avait le feu au bois, j'ai couru pour abattre les arbres et empêcher que le feu se communique... Mais c'était un avion en flammes qui mettait le feu à quelques arbustes. Tandis que je regardais, j'entends Louise, ma fille, qui m'appelait, je vais la retrouver... Elle était à genoux près de l'homme qui est couché là et qui portait alors un masque. Il avait du sang qui coulait de son épaule...

— Par suite d'une chute, c'est incompréhensible, dit Leloup.

— Non, dit le docteur, le blessé avait reçu une balle.

— Une balle ! s'écrièrent ensemble les agents.

— Oui, messieurs, c'est là encore une des raisons qui me faisaient cacher le malheureux jusqu'à ce qu'il pût expliquer s'il savait d'où lui venait cette étrange blessure.

— Eh ! dit soudain Leloup, c'est qu'il a voulu se tuer, pardi...

« Il était en train de se sauver en avion, sous prétexte de gagner un pari. L'avion tombe et mon gaillard, comprenant qu'il allait être démasqué, reconnu, arrêté, a tenté de se tuer. C'est parfait...

— Mais, monsieur, dit le docteur abasourdi, c'est impossible...

— Pardon, docteur, j'interroge ce bûcheron... Alors, vous avez vu le blessé, qu'a-t-il dit ?

— Rien, il respirait à peine ; on l'a transporté ici, ma fille et moi, et on a prévenu le docteur.

— Vous n'avez rien trouvé sur lui ?... pas d'argent, pas de portefeuille ?

Le vieillard se redressa :

— Si j'avais trouvé de l'argent, je l'aurais remis à M. le docteur, dit-il rouge de colère... Tout ce que j'ai trouvé en le déshabillant, c'est une enveloppe épinglée sur sa chemise... Il y avait dans cette enveloppe un bout de papier... les voilà...

Il prit dans le tiroir d'une vieille commode une enveloppe déchiquetée, trouée et maculée d'un peu de sang.

Leloup s'en empara :

— Pièce à conviction, dit-il triomphalement.

Et il lut tout haut :

« S'il m'arrive malheur, je supplie
« les personnes qui me trouveront de
« me faire enterrer sans enquête...
« d'envoyer mon portefeuille et mes
« papiers à mon fidèle Pr... »

Le reste manquait, déchiqueté par la balle.

— En voilà un renseignement, gronda Leloup... Quel est ce Pr... ?...

« Où est-il, ce portefeuille ?...

— Il ne l'avait pas sur lui...

— Avez-vous cherché à l'endroit où l'homme est tombé ?...

— Oui, mais quelqu'un avait dû passer avant moi, il y avait des traces de pas et cet aviateur avait été fouillé déjà par quelqu'un qui, au lieu de lui porter secours, l'avait volé et s'était enfui...

— Tonnerre ! tempêta Leloup, un vol à présent ! On a volé notre voleur !... Venez, docteur, je n'ai plus rien à faire ici. Nous allons réquisitionner une voiture automobile et nous reviendrons chercher ce scélérat, dont le nommé Jean-Baptiste Damien nous répond sur sa tête...

Le docteur haussa les épaules, serra la main du bûcheron et suivit les deux agents qui étaient déjà dehors.

Louise, la jeune bûcheronne, narquoise, souriait, semblant se moquer des agents...

CHAPITRE XXIII

PROSPER CONTRE HOFFER

Si Leloup, lorsque Louise Damien avait été expulsée par le docteur Boruny, avait eu la curiosité d'aller voir pourquoi la jeune paysanne renvoyée avait poussé un cri, il eût été certainement fort intrigué de voir, aux côtés de Louise, l'homme en présence de qui il avait déjeuné à l'auberge de Mathieu.

C'était Prosper, en effet, qui avait poussé l'indiscrétion jusqu'à s'approcher de la cabane du bûcheron, et qui, posté derrière la porte, écoutait, non sans émotion, ce qui se disait entre le père Damien et les agents.

Il n'avait eu que le temps de se jeter vivement de côté lorsque la jeune paysanne avait été poussée hors de la chambre.

Louise, à sa vue, n'avait pu retenir un léger cri.

Mais Prosper, mettant un doigt sur sa bouche, avait empêché la jeune fille de parler...

Docilement, elle s'était tue, avait laissé Prosper continuer à écouter encore quelques instants, puis le chauffeur, jugeant qu'il en savait assez, avait entraîné Louise Damien loin de la cabane.

Les paroles échangées avec Prosper avaient produit une grande impression sur la bûcheronne qui, au moment où le chauffeur la quittait, lui dit ces simples mots :

— Vous pouvez compter sur moi ! Je préviendrai mon père...

Prosper, satisfait, avait pris Louise par la taille et avait cru devoir la récompenser d'un baiser qui ne fut pas autrement désagréable à la jeune fille.

Et c'est pourquoi, ayant reçu les instructions de Prosper, Louise Damien suivait d'un regard ironique les deux policiers qu'elle détestait parce qu'ils voulaient emmener le pauvre innocent blessé, si doux et si tranquille.

Cependant que tout ceci se passait, une auto stoppait devant l'auberge du village. De cette magnifique voiture, appartenant à Dupon-Martin et empruntée par lui à son patron, descendait le conducteur, qui n'était autre que le pilote Hoffer.

Il entra dans l'auberge, se fit servir une bouteille de bordeaux et, ayant invité Mathieu à trinquer avec lui, il l'interrogea sur ce qui se passait dans le pays, sur ce qu'on pensait de la disparition de l'aviateur.

Malheureusement, si Mathieu était très voleur, il était par contre d'une intelligence au-dessous de la moyenne et ses réponses étaient empreintes d'une telle stupidité que Hoffer, après une demi-heure de conversation, renonça à tirer de cet imbécile les renseignements qui lui étaient nécessaires.

Il remonta dans l'auto et, ayant croisé un passant, il se fit indiquer l'endroit où était tombé l'avion.

Le passant désigna un coin du bois, et, laconique, indiqua :

— A cinq cents mètres d'ici...

Puis il continua sa route, sans plus s'occuper de ce curieux.

Ralentissant encore l'allure de sa machine, Hoffer se dirigea vers l'endroit désigné.

Les débris de l'avion lui apparurent.

Il stoppa, descendit de l'auto, s'approcha à pas lents, craintif, un peu pâle...

Brusquement il s'arrêta, s'appuya contre un arbre, passa la main sur son front couvert de sueur et tout à coup éclata de rire.

— Je suis fou... Est-ce que je ne viens pas de m'imaginer que le cadavre de Jean Dubreuil était là devant moi, dans son avion ? Je suis stupide !...

Ayant maîtrisé sa terreur, résolument, il s'avança et froidement fit le tour de l'appareil...

— Il est joliment endommagé, murmura-t-il... Même si ma balle ne l'avait pas atteint, Dubreuil n'aurait pu survivre à une pareille chute...

« Cependant Dubreuil est vivant et bien portant.

« Donc ce n'est pas lui qui était dans l'avion...

« Quel est donc cet homme qui avait sur lui les papiers de Dubreuil et qu'est devenu le cadavre de mon concurrent ?

« Il y a dans tout ceci un mystère inquiétant...

« Comment le découvrir ?

« Il le faut cependant... Je l'ai promis au chef !...

Il resta là près d'un quart d'heure, le front plissé, absorbé dans ses pensées, puis, découragé, ne trouvant aucune explication, il remonta dans son auto et retourna à l'auberge.

Il voulait une dernière fois interroger Mathieu.

Comme il entrait dans la cour de l'auberge, faisant envoler les poules devant sa voiture, s'élançant hors d'une tonnelle sous laquelle ils semblaient méditer, deux hommes coururent à lui.

C'étaient Leloup et Daurisse qui, reconduits par le docteur, avaient pris congé de lui, et, enfourchant leurs bicyclettes, étaient retournés à l'auberge, où ils avaient, semblait-il, établi leur quartier général.

Ils étaient en train de se demander comment ils pourraient se procurer une auto dans ce pays perdu, lorsque déboucha dans la cour Hoffer, conduisant sa superbe voiture.

A la vue de l'auto, Leloup cria :

— Arrêtez !... arrêtez tout de suite !...

Hoffer, surpris, stoppa, se demandant si ces gens s'adressaient à lui...

— Monsieur, dit Leloup, cette voiture est-elle à vous ?

— Oui, répondit Hoffer.

— Est-ce que vous rentriez directement à Paris ?

— Pourquoi me demandez-vous cela ?

— Parce que, dit Leloup, nous avons un blessé à transporter, un aviateur qui a fait une chute dans les environs et qui n'est autre qu'un malfaiteur que nous recherchons depuis longtemps...

— Un homme que vous recherchez depuis longtemps ? s'étonna Hoffer, qui avait tressailli en entendant parler de l'aviateur, mais alors, vous seriez...

— De la police, oui, monsieur, voici notre carte, et je dois vous prévenir que, si vous ne consentez pas à nous prêter votre voiture, je vais la réquisitionner...

— Je consens, je consens, dit vivement Hoffer, trop heureux de vous être agréable, messieurs, et j'aurai le plaisir de vous conduire moi-même.

— Alors, dit Leloup satisfait, rentrons prendre un verre et je vous mettrai au courant de l'affaire, pour que vous compreniez l'importance de notre mission, et aussi les précautions à prendre, d'autant plus que le jour baisse et qu'il est sage de n'opérer qu'à la nuit...

Hoffer, cachant sa joie, accompagna les deux hommes dans l'intérieur de l'auberge et voulut leur offrir une bouteille de champagne...

Cette offre délia la langue de Leloup, qui raconta minutieusement à Hoffer, qui ne perdait pas une parole, comment il avait poursuivi un inconnu dans l'hôtel Dubreuil et finalement comment il l'avait retrouvé blessé et fou, recueilli par des bûcherons. Or cet inconnu était un gredin de la pire espèce, qu'ils allaient conduire en prison et que le service anthropométrique ne tarderait pas à identifier...

Le récit de Leloup fut long. Mais Hoffer se garda bien de l'interrompre.

Il entrevoyait vaguement dans cette affaire mystérieuse le moyen de perdre à jamais Jean Dubreuil, de s'assurer la main de Simone et surtout le moyen de recevoir les félicitations de son « chef ».

La nuit était venue.

— C'est l'instant, c'est le moment, dit Leloup, qui, après la bouteille de champagne, avait voulu offrir à la société quelques apéritifs de choix et ne tenait plus très bien sur ses jambes...

Hoffer, ayant allumé les phares,

tourné la manivelle, était déjà sur son siège...

Daurisse s'assit près de lui pour lui indiquer le chemin.

Leloup était affalé à l'intérieur et ne tarda pas à s'endormir.

Une secousse brusque le réveilla.

On était devant la cabane.

— Suivez-nous, dit Leloup en descendant, suivez-nous, monsieur, mieux être trois que deux... avec les fous on ne sait jamais...

— Comptez sur moi, dit Hoffer, j'ai justement dans l'auto des cordes neuves, on pourra le ficeler s'il résiste.

— C'est ça... Tiens, la porte est ouverte... on nous attend.

Ils entrèrent.

Dans la maison régnait l'obscurité la plus complète.

Leloup appela :

— Hé, le bûcheron ! où êtes-vous ? Allumez donc...

— J'ai des allumettes, heureusement, dit Gustave.

Il fit flamber une allumette, avisa sur une table une lanterne, l'alluma.

— Il n'y a personne, dit Hoffer, qu'est-ce que cela veut dire ?

— Peut-être, risqua Gustave, que le bûcheron et sa fille ont été au cinéma...

— Imbécile que vous êtes, dit Leloup furieux. Ce n'est pas le moment de faire le loustic... Restez ici, je vous obtempère... Monsieur et moi, nous allons inspecter la pièce voisine... Donnez la lanterne...

« Ils sont dans la chambre, et ils dorment tous, le père, l'enfant et le voleur...

Il poussa la porte.

Au même moment, surgissant des broussailles qui entouraient la maison, Prosper se glissa vers l'auto, ouvrit la portière, puis retourna sur ses pas et, se baissant, ramassa le corps d'un homme ficelé et bâillonné, qui n'était autre que Jean Dubreuil.

— Pardon de vous avoir arrangé comme cela, monsieur Jean, dit le chauffeur, mais vu que vous n'avez pas votre raison, vous auriez pu donner l'éveil à ces lascars !...

Il le déposa dans la voiture, ferma la portière doucement, monta sur le siège, mit en marche en murmurant :

— Je n'avais pas espéré cela : Hoffer lui-même m'apportant la voiture de M. Dupon-Martin !... Non, mais c'est le comble de l'obligeance !... Oh ! attention !

« Tiens, les v'là... Excusez, messieurs, mais c'est trop tard...

En effet, l'auto démarrait et s'enfonçait sous bois, gagnant la route.

Quant aux policiers, un spectacle au moins inattendu leur avait été donné.

Le bûcheron et sa fille gisaient sur le lit de Dubreuil, bâillonnés, ficelés comme des saucissons et se tordant vainement pour essayer de rompre leurs liens.

Hoffer ne perdit pas son temps à dénouer les cordes.

Il ôta le bâillon de Damien et celui de sa fille, et d'une voix que la colère faisait trembler :

— Où est l'homme? demanda-t-il.

— Pardon, dit Leloup froissé, c'est à moi d'interroger ces gens.

« Qu'est-ce que vous avez fait du prisonnier qu'on vous avait confié?

— Il est parti...

— Hein! Parti!...

— Oui... un homme est venu tout à l'heure, s'est jeté sur moi, m'a ligoté, comme vous voyez, a attendu ma fille, l'a attachée comme moi, puis il est parti avec le blessé qu'il a ficelé aussi... Cet homme avait un mouchoir qui cachait le bas de son visage...

— Tonnerre! hurla Hoffer brusquement. J'entends qu'on touche à ma voiture...

Il se précipita dehors.

Les agents le suivirent.

— Là!... là!... dit Hoffer, montrant déjà loin les phares de l'auto dans la nuit.

— C'est le voleur qui se sauve avec mon auto... courons...

— Mais, dit Leloup, il faudrait délier le bûcheron...

— Qu'il crève, dit Hoffer exaspéré en tirant en l'air des coups de revolver.

Sur le seuil de leur cabane, les membres libres, Damien et sa fille parurent et regardèrent disparaître les policiers, l'air ironique.

— Il est sauvé! dit la bûcheronne.

Et, sanglotante, elle se jeta au cou de son père.

L'auto de Dupon-Martin roulait vers Paris.

Hors d'haleine, suant, soufflant, Hoffer et les policiers avaient dû s'arrêter, impuissants, montrant le poing dans la direction de la voiture qui leur enlevait leur proie.

CHAPITRE XXIV

DUPON-MARTIN REPREND SA PAROLE

Dupon-Martin était d'exécrable humeur.

On venait de lui annoncer que son auto venait d'entrer dans la cour du château, conduite par un chauffeur inconnu, qui avait déposé sur le siège une lettre pour M. Hoffer et était tranquillement parti sans donner la moindre explication.

Dupon-Martin, qui avait été fort courroucé la veille en apprenant que son pilote lui avait emprunté sa quarante chevaux sans le prévenir, se montra bien plus furieux quand il apprit de quelle singulière façon il rentrait en possession de sa voiture...

En assez piteux état d'ailleurs, la quarante chevaux...

Couverte de poussière, de boue, le vernis écaillé en maintes places, et, par surcroît, au lieu d'Hoffer venant présenter ses excuses, une simple lettre à son adresse.

Dupon-Martin prit rageusement la lettre, donna ordre de garer l'auto, puis il remonta dans son cabinet de travail.

Il trouva Simone qui l'attendait, gantée, chapeautée, prête à sortir.

Sa fille habillée de si bonne heure, qu'est-ce que cela signifiait?

Simone ne fit pas attendre l'explication.

— Mon père, dit-elle gravement, après la scène violente que nous avons eue, j'ai longuement réfléchi.

— Et le résultat de ces réflexions, mademoiselle ?

— C'est que nous ne pouvons vivre ensemble... Il y a incompatibilité d'humeur entre le père et la fille... comme c'est moi la plus jeune, je dois céder...

— Ah bah !

— Oui, je dois céder la place à l'auteur de mes jours et je me retire chez ma tante Zénaïde... J'emmène Justine avec moi, j'espère que vous n'y verrez aucun inconvénient...

— Mais tu es folle, vociféra Dupon-Martin... folle à lier... Qu'est-ce que c'est que cette nouvelle extravagance ? Tu as juré de me faire perdre l'esprit... Mais tout le monde aujourd'hui se donne le mot pour me contrarier, m'exaspérer...

— Tout le monde ?

— Oui, toi... ta Justine... Hoffer...

— Si M. Hoffer vous exaspère, il me semble qu'il y a un moyen bien simple...

— De m'en débarrasser, oui, en le fichant à la porte, n'est-ce pas ? Mais tu oublies que Hoffer me rend de grands services...

— Que vous payez fort cher, il me semble...

— Il est certain, dit Dupon-Martin encore sous le coup de l'emprunt de sa voiture, que ledit Hoffer n'a pas à se plaindre de moi... ce serait moi au contraire... mais laissons cela, parlons sérieusement, Simone... tu veux donc partir, abandonner ton père ?...

— Si mon père tenait à avoir sa fille près de lui, il ne la jetterait pas dans les bras du premier venu...

— Hoffer n'est pas le premier venu.

— Mettons le dernier venu, si vous voulez... Dans tous les cas, je le déteste, je ne veux pas l'épouser, et si ma tante Zénaïde ne me soutient pas, n'empêche pas ce mariage, j'entrerai au couvent...

— Simone, ma petite Simone, tu sais bien combien je t'aime... Puisque décidément ce mariage te déplaît...

— Je préférerais mourir plutôt que d'épouser votre Hoffer... Oui, je m'empoisonnerai !

— Calme-toi... voyons, écoute-moi... Après tout Hoffer, comme tu le disais, est largement rétribué des services qu'il me rend... C'est un bon pilote, mais qui ne triompherait pas de tous ses rivaux avec mon *B-VII* ? Oui... oui... Hoffer n'est pas si extraordinaire que cela... et puis il se conduit avec un sans-gêne ! Que ferait-il s'il était mon gendre ?

Simone ne bougeait pas.

Son père la regarda, puis brusquement :

— Ah ! après tout, épouse-le, ton Dubreuil ! J'en ai assez à la fin de te voir bouder... J'ai horreur des scènes, moi.

— Ah ! mon petit papa, je savais bien que tu ne serais pas méchant jusqu'au bout. Tiens... tu es le meilleur des pères. Je t'adore.

— Oui... oui... concéda Dupon-Martin, je suis le meilleur des papas, parce que je fais ce que tu veux.

— Tu vois comme c'est facile de rendre sa fille heureuse.

— C'est très joli, mais j'avais promis à Hoffer.

— Tu avais eu tort, il fallait me consulter, tu te débrouilleras avec lui... ce sera ta punition.

— Qu'est-ce que je vais bien lui dire ?

— Tout ce que tu voudras.

La conversation fut interrompue par l'arrivée de Justine qui, en habits de dimanche, une valise à la main, cria dès son entrée :

— L'auto de Mademoiselle attend Mademoiselle.

— Ah ! Justine, c'est fini... Nous ne partons pas.

— Comment ça ?

— Papa, mon cher papa, accepte que j'épouse Jean et que tu épouses Prosper.

— Non, c'est vrai ?

— Puisqu'on vous le dit, Justine, grommela Dupon-Martin. Il me semble que vous pouvez bien croire ma fille.

— Oh ! riposta Justine, je crois toujours Mademoiselle ; seulement vous, c'est si extraordinaire...

Dupon-Martin haussa les épaules, puis sourit :

— C'est bon, c'est bon, allez travailler.

— Tu ne sais pas, papa, dit Simone, puisque l'auto est dans la cour, je vais à Paris annoncer la bonne nouvelle à Jean et nous reviendrons te remercier tous les deux...

Dupon-Martin fit la grimace.

— Oui... ton fiancé, j'y consens, mais ne me l'amène pas... pas aujourd'hui... Il n'aurait qu'à se quereller avec Hoffer... Ah ! justement, le voici, j'entends sa voix... Passe par ici qu'il ne te voie pas...

Simone embrassa une dernière fois son père et, rieuse, sortit avec Justine.

— Brave petit cœur, murmura Dupon-Martin... comment ai-je pu la contrarier?... Après tout, Jean Dubreuil est charmant... Ah ! voici l'autre... Attention !... Hem... Bonjour, Hoffer !...

Hoffer entra sans cérémonie, jeta son chapeau sur une chaise, et, s'asseyant sans y être invité, déclara :

— Vous ne savez pas qui était l'aviateur masqué ?

— Ma foi non, mon cher Hoffer... Ah ! tenez, voilà une lettre pour vous...

— Merci...

— Elle a été apportée ici par un chauffeur qui a reconduit mon auto... *mon* auto...

Hoffer ne daigna pas répondre...

Il venait de décacheter la lettre et lisait :

« Merci pour l'auto, mon cher
« Hoffer...

« L'Aviateur masqué. »

Hoffer, pâle de rage, glissa la lettre dans sa poche, et continuant la conversation, dit :

— L'aviateur masqué, c'était Jean Dubreuil...

— Vous êtes fou ?...

— Je ne crois pas... C'est bien Jean Dubreuil que j'ai vu hier blessé et fou. Je ne parle pas de Jean Dubreuil qui était ici le jour de l'accident et qui n'est pas le vrai, mais je parle de l'aviateur, de mon rival...

Dupon-Martin, ahuri, considéra Hoffer avec une certaine inquiétude.

— Je ne suis pas fou... dit Hoffer. Ils sont deux Dubreuil... qui se ressemblent... Un qui est le vrai et l'autre non... Il y en a un que la police recherche... c'est l'autre, le faux...

Dupon-Martin fit la moue.

— Mon cher, en admettant que l'aviateur masqué ressemble à Dubreuil, ça ne peut être lui...

— Et pourquoi donc ?

— Parce que le Dubreuil qui était là lors de votre retour de cette course était bien le vrai... Rappelez-vous son empressement à aller retrouver ma fille... la joie de Simone à sa vue...

— Sacrebleu... s'écria Hoffer décontenancé, c'est vrai, ça... Mais alors l'autre, le blessé... le fou serait...

— Le faux Dubreuil, puisqu'il y en a deux.

Hoffer se leva.

Il prit son chapeau et se sauva, comme si à ses trousses il y avait une nuée de gendarmes...

Dupon-Martin, d'abord interdit, s'emporta :

— Ah ! non... j'en ai assez d'être traité aussi grossièrement... En voilà un goujat... Et il voulait être mon gendre... jamais de la vie... J'avais donné ma parole... je la reprends... voilà tout !...

CHAPITRE XXV

ÉTRANGE ENTREVUE DE DEUX FIANCÉS

Mme Dubreuil, tendrement penchée sur son fils, essayait de surprendre le secret de sa tristesse.

Ce dernier était assis dans un fauteuil, le regard fixé à terre, n'osant lever les yeux sur sa mère qui le suppliait...

— Voyons, Jean, qu'as-tu ? Est-il possible que l'accident survenu à cet aviateur masqué t'éprouve à ce point ? Mais puisqu'il n'est pas mort... A moins que tu ne me caches la vérité...

— Non, ma mère.

— Serait-il plus malade, ce malheureux ? Désespère-t-on de le sauver ?... Hier soir, dès que Prosper est arrivé, tu t'es précipité vers lui sans me laisser le temps d'aller interroger ce brave garçon... Vous êtes partis, comme si l'on vous poursuivait, Prosper et toi, emportant votre malade...

« Il a été transporté dans une maison de santé, m'as-tu dit ?...

— C'est exact...

— Tu as passé dehors une partie de la nuit ; toute la matinée tu es resté enfermé avec Prosper, ta porte était condamnée... Ce n'est pas naturel, cela... Je comprends ton chagrin. Mais ton chagrin m'inquiète, car il ressemble à un désespoir profond...

« Cet aviateur... cet ami que je ne te connaissais pas et que tu as l'air d'aimer beaucoup...

— Oh ! oui, beaucoup...

— Serait-il en danger de mort ? Qu'a dit le médecin ?

Jean Dubreuil se leva.

Les questions de sa mère le mettaient à la torture...

— Je ne puis rien dire en ce moment... Je...

Il resta bouche bée.

Simone venait d'entrer, triomphante, les lèvres fleuries du plus tendre sourire.

— Jean... mon cher Jean... je suis la plus heureuse des femmes... Mon père consent à notre union...

— Est-ce possible ? dit Mme Dubreuil charmée... Ma chère enfant, ma chère fille... Il faut que je vous embrasse pour cette bonne nouvelle... Je vous félicite...

— Merci, ma chère maman...

Simone s'arracha doucement à l'étreinte de Mme Dubreuil rayonnante, tendit ses deux mains à Jean Dubreuil.

Mais Jean ne bougea pas.

Il contemplait Simone d'un air égaré.

Surprise, la jeune fille, cessant de sourire, interrogea du regard Mme Dubreuil qui, non moins étonnée, dit d'un ton de doux reproche :

— Eh bien ! Jean, est-ce ainsi que tu accueilles cette nouvelle... ta fiancée ?...

Simone, prête à pleurer devant l'attitude glaciale de Jean, murmura :

— Est-ce que j'ai eu tort de venir, Jean ?

— Mademoiselle, dit Jean Dubreuil, sans oser regarder Simone, je remercie votre père de l'honneur qu'il me fait, mais je ne puis actuellement donner suite aux projets que nous avions formés...

La foudre tombant au milieu du salon n'eût pas produit plus d'effet.

Simone, suffoquée, eut un cri de douleur auquel répondit le cri de stupeur de Mme Dubreuil.

Jean salua, sortit rapidement en proie à un trouble inexplicable.

— Mon enfant, ma chère fille, dit Mme Dubreuil ouvrant ses bras à Simone et la serrant sur son cœur... ne vous alarmez pas, ayez confiance, ne pleurez pas. Je suis comme vous stupéfaite de l'attitude de mon fils. Quand vous êtes arrivée, j'étais en train d'essayer de le confesser, de lui arracher son secret, car Jean a un secret terrible qui a bouleversé sa vie... Il n'est plus le même depuis trois jours. Il m'évite, parle à peine, tient avec Prosper des conférences très longues qui me déconcertent. Il y a un mystère dans tout ceci ! Mais je l'éclaircirai. Jean redeviendra comme auparavant... Il vous aime, Simone. Vous le croyez, n'est-ce pas ?

— Je l'espère, dit Simone cessant de pleurer.

Elle venait de se rappeler la fameuse lettre :

« ... Quoi qu'il arrive, ne vous étonnez de rien... Ayez confiance, nous serons heureux... »

Et tout de suite, la confiance rentra dans son cœur.

— Ma chère maman, dit-elle doucement, Jean doit avoir de sérieuses raisons pour agir et pour parler comme il le fait.

« J'ai confiance en lui... j'attendrai patiemment qu'il veuille bien nous confier les raisons de son attitude... Dites-lui bien que mon cœur ne doute pas de lui et que je ne cesserai jamais de l'aimer.

— Ma chère fille, dit Mme Dubreuil attendrie, merci de me rassurer, car je commençais à douter de mon fils. Attendez-moi là, je vais lui parler, le voir.

— Non, dit Simone, quand je serai partie... je vous en prie.

— Reviendrez-vous ?

— Quand Jean désirera me voir. Ne dois-je pas être sa femme ? La femme doit obéissance à son mari.

— Ah ! vous êtes un ange. Si jamais Jean vous faisait du chagrin...

— Ce n'est pas possible. Au revoir.

Mme Dubreuil embrassa tendrement Simone, tint à la reconduire jusqu'au bas du perron, puis, remontant vivement, elle se dirigea vers le cabinet de travail de Jean.

En bas, Prosper croisait Simone qui ne le voyait pas, et se cachait pour éviter d'être interrogé.

Lui aussi avait l'air soucieux, embarrassé.

Mme Dubreuil alla frapper sur l'épaule de Jean qui, accoudé sur son bureau, la tête dans ses mains, semblait méditer.

— Jean, dit résolument sa mère, vas-tu m'expliquer pourquoi tu as agi ainsi que tu viens de le faire ? Pourquoi reprends-tu ta parole ? Pourquoi ne veux-tu plus épouser cet ange qui s'appelle Simone ?

Jean tressaillit, jeta sur sa mère un douloureux regard et ne répondit pas.

— Jean, dit-elle d'une voix sévère, il faut que tu me parles. J'exige que tu m'expliques ta conduite, non seulement vis-à-vis de Simone, mais vis-à-vis de moi. Il faut que je te dise une chose qui me trouble infiniment, m'étreint le cœur d'une indicible émotion... Jean, mon cher fils, moi, ta mère, *je ne te reconnais plus !...*

Jean Dubreuil, tombant à genoux devant sa mère, murmura d'une voix brisée :

— Je ne suis pas votre fils...

Horrifiée, Mme Dubreuil recula.

Les yeux hagards, elle contempla cet homme agenouillé qui, pâle comme un mort, tendait vers elle des mains suppliantes et répétait sans cesse :

— Pardonnez - moi... Pardonnez-moi...

En un sursaut d'indignation, tremblante de colère, révoltée, Mme Dubreuil jeta :

— Misérable... Vous n'êtes pas mon fils et vous avez osé prendre sa place pour jouer cette infâme comédie. Vous avez volé les caresses destinées à mon fils... vous avez osé cela !

« Mais quel homme êtes-vous donc ?

L'homme, accablé par la honte, se voila le visage de ses mains.

Mais brusquement Mme Dubreuil, cessant d'invectiver le malheureux, s'écria bouleversée :

— Mais alors, si vous avez pris la place de Jean, lui, mon fils, mon enfant, qu'est-il devenu ? Où est-il ?

« L'auriez-vous tué ?

Violemment l'homme protesta :

— Ah ! non... non... pas cela... Jamais... Il vit... Il vit, je vous le jure... J'aurais donné ma vie pour lui... S'il était là... Il vous le dirait...

— Où est-il ? Où est-il ? demanda Mme Dubreuil avec autorité. Parlez, je vous l'ordonne.

— Je ne sais pas...

— Comment ?... Vous ne savez pas.

— C'est-à-dire... Ecoutez-moi, au nom du ciel... Je ne suis pas coupable autant que vous le croyez... J'ai exécuté les ordres de votre fils... C'est sa volonté qui m'a imposé ce rôle dans lequel je me débats, que j'ai en vain essayé de soutenir, le cœur déchiré. Mais il le fallait... Calmez-vous, madame, vous allez tout savoir... J'attends Prosper... Il est allé précisément aux nouvelles... Il cherche Jean... Il a dû le trouver... Ah ! Ah ! le voilà...

C'était Prosper Mézan, en effet, qui venait d'apparaître sur le seuil et qui, stupéfait, considérait celui qu'il appelait la veille son patron, agenouillé, suppliant devant Mme Dubreuil.

Tout de suite le brave garçon comprit ce qui s'était passé...

— Ça y est, murmura-t-il, le truc est débiné... Je m'en doutais que ça ne pouvait pas durer, qu'il fallait que ça craque...

Mme Dubreuil interrompit ses réflexions, bondit vers le chauffeur, le prit par le bras et l'entraîna devant l'homme qui, lentement, se relevait, mais restait tête basse, dans l'attitude d'un coupable.

— Ce qu'a dit cet homme est-il vrai ? C'est mon fils qui lui a ordonné de prendre sa place ?

— Oui, madame...

— Où est Jean ?... Parlez...

— M. Jean, madame, est dans une maison de santé où je viens de le transporter... rue de la Faisanderie...

— Jean dans une maison de santé ? Il est donc malade ?...

— M. Jean est blessé.

— Blessé, Jean ! oh ! mon Dieu !

— C'est rien, madame... rien du tout... c'est-à-dire pas grand'chose... Ne vous émotionnez pas comme ça, madame... Ne pleurez pas, je vous en supplie... Ça me fait perdre le ciboulot... Nous allons aller le voir tout de suite et vous verrez que M. Jean, en somme, est aussi bien qu'on peut le souhaiter depuis sa chute d'avion...

— C'était donc lui qui était l'aviateur masqué ?

— Oui, madame...

— Ah ! le malheureux... je comprends tout... C'était pour Simone... Et pour ne pas me faire de peine, il m'avait caché qu'il allait monter en avion...

— Justement, madame...

— Ah ! comme j'avais raison de lui défendre de voler... Mes pressentiments ne me trompaient pas. Mais vous, monsieur, pourquoi ?...

— Pardon, madame, interrompit respectueusement Prosper, mais il ne faut pas accuser M. Pierre pour ce qu'il a fait... C'était l'ordre du patron, et, à preuve, voici une lettre de M. Jean, que je devais vous remettre en cas d'accident.

Mme Dubreuil s'empara de la lettre que le chauffeur lui tendait, et lut à mi-voix :

« N'ayant qu'un moyen pour empê-
« cher Hoffer d'épouser ma chère Si-
« mone, celui de le vaincre dans le
« match, je me décide à manquer au
« serment que j'ai fait. Je volerai
« donc, mais masqué, à la place de
« Sertil. S'il m'arrive malheur, je
« prie Pierre, mon sosie, aidé de mon
« fidèle Prosper, de me remplacer au-
« près de ma chère maman et de faire
« tous leurs efforts pour qu'elle croie
« que son fils est toujours vivant.

« Peut-on tromper le cœur d'une
« mère ? J'en doute... mais je dois es-
« sayer. Qu'elle me pardonne si elle
« découvre la vérité, et qu'elle soit
« bonne pour Pierre. »

C'était plus que ne pouvait en supporter Mme Dubreuil. Elle défaillit dans les bras de Pierre et de Prosper.

La femme de chambre, appelée, s'empressa auprès de sa maîtresse.

Pendant ce temps, Prosper, enchanté que « ça soit plus clair », disait vivement à Pierre :

— M'sieur Jean n'a pas eu d'accident... J'avais oublié de vous dire ça, hier. On a voulu l'assassiner... parfaitement... Attention, Mme Dubreuil revient à elle...

En effet, elle reprenait ses sens.

Elle repoussa doucement la femme de chambre :

— Ça va mieux... merci... laissez-moi... allez chercher mon manteau... mon chapeau...

« Prosper, préparez l'auto, nous allons voir mon fils...

Prosper s'inclina sans répondre, adressa un dernier regard à Pierre, et sortit pour exécuter l'ordre qu'il avait reçu.

Mme Dubreuil, s'adressant alors à Pierre, lui dit d'une voix émue :

— Monsieur, je vous ai parlé durement, tout à l'heure... Je ne savais pas...

« Mon fils, pour vous avoir demandé de le remplacer près de moi, vous a donné une grande marque d'estime et de confiance.

« Sans doute, il vous connaissait depuis longtemps...

— Non, madame, depuis quelques semaines seulement.

— Ah !

La femme de chambre apportait le manteau, le chapeau...

Elle aida sa maîtresse à s'habiller.

— Voyez si la voiture est dans la cour et dites à Prosper que j'arrive à l'instant...

— Monsieur Pierre... C'est votre nom, n'est-ce pas ?

— Oui, madame.

— Votre prénom seulement... et votre nom... de famille...

Pierre se mordit les lèvres.

Dans les yeux de Mme Dubreuil un rapide éclair passa, vite éteint.

Elle murmura :

— Ce serait donc vous... vous...

Elle recula de quelques pas et, sur le seuil, enveloppant Pierre d'un regard affectueux, elle lui dit, d'une voix caressante :

— Pierre, attendez ici mon retour... nous avons à causer tous deux, lorsque j'aurai vu mon fils...

Elle s'éloigna lentement.

Pierre la regarda disparaître, puis, brisé par l'émotion qu'il avait ressentie, il se laissa choir dans un fauteuil.

— Que vais-je devenir à présent ? gémit-il. Je ne puis plus rester ici en présence de cette malheureuse mère que j'ai si indignement trompée...

« Jean, d'ailleurs, va venir reprendre sa place au foyer familial...

« Je n'ai pas de foyer, moi... Je ne peux pas en avoir...

« Je dois continuer à expier, à souffrir...

Il resta un instant pensif, puis un triste sourire anima son visage :

— Je suis heureux, toutefois, que la vérité soit enfin connue... j'étais un trop maladroit comédien et je souffrais vraiment trop lorsque je recevais les caresses de cette mère qui me croyait son enfant...

« Je comprends sa juste révolte... son indignation...

« Je suis même surpris qu'elle ne m'ait pas chassé...

« Elle m'a ordonné d'attendre son retour... Elle veut me parler, dit-elle.

« Que me dira-t-elle ?

« Sans doute, à cause de son fils, elle croira devoir m'offrir un dédommagement, de l'argent, peut-être...

A cette pensée, Pierre rougit.

Il se leva comme si on venait de l'insulter.

— De l'argent à moi ! Non, non, ce n'est pas pour de l'argent que j'ai servi l'amour de Jean, que j'ai scrupuleusement exécuté ses ordres...

« Mais sa mère ne saura jamais à quel mobile j'ai obéi...

« Ni Jean non plus ne connaîtra mes vrais sentiments à son égard...

« En les quittant, j'emporterai avec moi mon secret... et nul ne le connaîtra jamais...

Comme il disait cela, son regard tomba sur le portrait de M. Dubreuil.

Ses traits se détendirent.

Son regard brilla d'une flamme soudaine...

Il se pencha vers le portrait et, à mi-voix, comme s'il eût craint d'être entendu, Pierre murmura :

— Ai-je agi en honnête homme, cette fois ?

« Etes-vous content de moi ?

5.-12-23. — Imp Rey-Robert, Paris

www.ingramcontent.com/pod-product-compliance
Lightning Source LLC
LaVergne TN
LVHW012019220826
846092LV00001B/419